Dieta da
poesia

COLEÇÃO ↳ GIRA

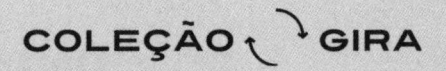

A língua portuguesa não é uma pátria, é um universo que guarda as mais variadas expressões. E foi para reunir esses modos de usar e criar através do português que surgiu a Coleção Gira, dedicada às escritas contemporâneas em nosso idioma em terras não brasileiras.

CURADORIA DE REGINALDO PUJOL FILHO

DE AFONSO CRUZ

Vamos comprar um poeta

A boneca de Kokoschka

Nem todas as baleias voam

Para onde vão os guarda-chuvas

O vício dos livros

Dieta da poesia

Edição apoiada pela Direção-Geral do Livro, dos Arquivos e das Bibliotecas / Portugal

GOVERNO DE PORTUGAL | SECRETÁRIO DE ESTADO DA CULTURA

Dieta da poesia

Afonso Cruz

Porto Alegre · São Paulo · 2025

Disse Su Dongpo:
"Um homem magro pode engordar,
mas um homem vulgar é incurável."

Índice

9 **Primeira parte: Resumida biografia do inventor da dieta**
11 1. Subir na vida usando uma pilha de livros
13 2. Ler a comer vs comer a ler
15 3. Peripatetismo poético
17 4. Atirar ao chão, apanhar do chão, chorar
19 5. A menina Piedade e a bonita natureza
22 6. E os carimbos? E os selos?
25 7. Marias e marias e marias até perder de vista
27 8. Retrato
30 9. Coleção de selos Ho
34 10. Novo plano
38 11. Entre os Abokowo, onde escasseiam os postos de correio
43 12. Nervosismo
45 13. Por baixo de olhos tranquilos, um rio
47 14. A poesia é para comer, ó subalimentados do sonho
50 15. Os rostos amados na escuridão
54 16. Panados
61 17. Maria dos milagres
64 18. Histórias
72 19. Silêncio e clorofila

77 **Revelação poética, um epílogo à biografia do Bazulaque**

83 **Descrição da dieta**

89 **Testemunhos**

Primeira parte
Resumida biografia do Bazulaque

1. Subir na vida usando uma pilha de livros

António de Lousada, o Bazulaque (como o chamavam por ser demasiado gordo) comia em excesso, não conseguia parar: comportamento crónico, pecado da gula (mortal, como se sabe), obesidade mórbida e dificuldade em passar por uma porta ou correr para apanhar um autocarro, enfim, incapacidade de resistir ao peixe frito com arroz de tomate, à bavaroise de frutos secos, ao sarrabulho, ao leite creme, à lagosta suada, ao bife à café, às bolas de berlim, ao anho no forno, às bolachas inglesas, ao bife Wellington, no fundo, a tudo aquilo que pode ser ingerido com talheres ou sem talheres, com as mãos ou mesmo sem as mãos, frio, morno, quente, ácido, doce, azedo, salgado, bem confecionado, mal confecionado, cozinhado ou cru. Em casa, quando os doces não estavam ao seu alcance, subia a uma cadeira e, se a altura da cadeira não chegasse, corria até à biblioteca, não por necessidade de leitura, mas por necessidade de livros: e punha-os na cadeira para chegar ao frasco das bolachas de manteiga. Foi o início de um contacto frequente com a biblioteca da casa. Os livros permitiam-no chegar mais alto, mais além, uma prateleira acima. Um dia, com uma pilha mais alta do que era costume para chegar a um frasco colocado ainda mais alto do que era costume, um volume da *Comédia humana*, de Balzac, cedeu, e o Bazulaque caiu com estrondo no chão. Tentou levantar-se mas tinha-se magoado nas costas. Sozinho em casa, teve de esperar que chegasse alguém da família ou um dos empregados para o ajudarem. Enquanto aguardava, entediado e imóvel, pegou num livro de poesia de Emily Dickinson. Gostou dos primeiros versos e continuou a ler. Quando a mãe chegou deparou-se com os cacos do frasco, as bolachas de manteiga e os livros espalhados, a cadeira tombada e o filho a ler no chão.

Não fora nada de grave, mas, pela primeira vez na vida, António de Lousada, o Bazulaque, estivera a centímetros de bolachas, ao seu alcance e durante mais de uma hora, sem as comer. Este primeiro momento de viragem levaria ao momento crucial, o quinto, com graves e belas alterações à sua vida, bem como à vida da sociedade em geral.

2. Ler a comer VS comer a ler

Aos poucos, António de Lousada, o Bazulaque, começou a ler enquanto comia, porque estava sempre a comer, mudando paulatinamente os seus hábitos, sem se aperceber. Desagradado com esse hábito, o pai, pessoa mais ou menos severa, repreendeu-o, dizendo que não deveria ler enquanto comia, especialmente à mesa, durante as refeições principais. O Bazulaque respondeu de imediato, com uma ousadia que não se usava na época, levantando-se — das suas três cadeiras — como um soldado, braços caídos ao longo do corpo, olhando em frente (o pai estava no topo da mesa, no lado direito), dizendo com voz cava e solene: Não leio enquanto como, como enquanto leio.

Esta inversão das prioridades haveria de marcar a segunda grande viragem na sua vida, depois da queda quando tentava chegar ao frasco das bolachas. Naquela altura, a comida tinha deixado de ser a sua prioridade quotidiana, tinha passado para segundo plano. Lia como atividade principal, comia como atividade secundária: ainda que comesse exatamente o mesmo que antes e pesasse tanto que se sentava em três cadeiras, sem braços, dispostas lado a lado.

O apogeu deste segundo momento de viragem aconteceu quando estava o Bazulaque na biblioteca à procura da próxima leitura, abraçado a um enorme frasco de biscoitos de gengibre e cravinho, e se apercebeu que não chegava a alguns títulos. Por preguiça não foi buscar uma cadeira. Pousou o frasco e subiu para cima dele (como eram resistentes os objetos fabricados nessa altura), um pé apenas, o outro no ar, esticou-se e retirou um livro de poesia erótica que, por causa do tema, nunca estivera ao seu alcance. Assim, ao contrário do primeiro momento, em que os livros o fizeram chegar aos doces, agora eram os doces a fazê-lo chegar aos livros. E a que livros: de repente, o Bazulaque descobriu a adolescência, não porque as suas hormonas o ditavam, mas porque a poesia o despertava e o transformava.

3. Peripatetismo poético

Num terceiro momento, habituou-se, naturalmente, a caminhar enquanto refletia sobre um verso ou o repetia. É um procedimento comum entre leitores de poesia, repetirem poemas enquanto caminham, ler enquanto caminham, mastigar o que leem enquanto caminham. Sem se dar conta, a sua obesidade já não perigava a sua saúde, sentia-se bem, mais ativo. E, por vezes, durante uns minutos, esquecia-se de comer.

Nessa altura da vida do Bazulaque, a família havia-se mudado do centro da Lousada para a casa de Meinedo, que funciona também como biblioteca, tendo um restaurante e um bar no piso térreo. O mote do restaurante é precisamente a frase (ligeiramente adaptada) que António de Lousada disse ao pai no momento referido antes: Comer e beber enquanto se lê. O jardim da casa serve os peripatéticos e hedonistas que não dispensam a tal caminhada que parece ser uma consequência da poesia.

O Bazulaque, já relativamente familiarizado com a poesia, e já bem nutrido de poemas, estando menos gordo no que respeita à massa corporal, mas mais gordo no que respeita à matéria poética, resolveu então munir-se de um bloco de notas para apontar tudo o que valia a pena ser apontado e, mais do que isso, começar ele próprio a esboçar uns versos. Parava então de caminhar, retirava o bloco da algibeira, e com um lápis escrevinhava qualquer coisa que a inspiração ditasse. Mas parava sempre, porque se a poesia faz caminhar, a sua criação faz parar, faz coxear (o poeta, haveria de dizer o Bazulaque, é como Jacob que ao lutar com um anjo ficou coxo. O poeta luta com uma palavra a seguir de outra e, ao final do dia, quando tenta caminhar, se não coxeia é porque não escreveu nada de qualidade).

Passemos então ao quarto momento, o mais longo e que irá permitir o quinto, que terá a requerida culminância que a todos espantou, quer pela originalidade, quer pelas tremendas consequências.

4. Atirar ao chão, apanhar do chão, chorar

Estava o Bazulaque sentado a lanchar com o tio de Cristelos, Boim e Ordem, que, ao remexer no bolso do casaco, encontrou um pequeno envelope ainda selado, o que é isto, perguntou-se. Intrigado, o tio abriu-o, leu o seu conteúdo e coçou a cabeça. Voltou a pôr o papel no envelope, que amarrotou na sua mão de lavrador, e atirou-o para o chão (na época atiravam-se coisas para o chão, embora isso ainda hoje se faça muito com a cultura), sacudiu algumas migalhas do casaco e recostou-se à espera que o sobrinho acabasse de lanchar. O Bazulaque perguntou o que era aquilo, o tio de Cristelos, Boim e Ordem respondeu que não era nada. Nada?, insistiu o sobrinho. Nada, asseverou o tio. Depois de um momento de silêncio, rematou: Um poema qualquer.
    Seu?
    Não. Comprei hoje este casaco em segunda mão. Deve ser do antigo dono.

O sobrinho levantou-se e apanhou do chão o envelope amachucado. Nervoso, abriu-o. Era de facto um poema, não era propriamente de grande qualidade, mas eram uns versos de amor escritos com uma sinceridade desarmante, uma singela proposta de casamento dirigida a uma tal Maria, uma Maria cujo apelido não aparecia no bilhete. Surgiram lágrimas nos olhos do rapaz ao inteirar-se que aquele bilhete não havia sido entregue, ou, pelo menos, lido, uma vez que o envelope estava selado, segundo a data que encimava o poema, há mais de cinquenta anos. De imediato, o Bazulaque decidiu que teria de encontrar a tal Maria e entregar-lhe a missiva. Comunicou a sua decisão ao tio de Cristelos, Boim e Ordem, que respondeu apenas: Marias há muitas.

5. A menina Piedade e a bonita natureza

Os velhos de Lousada, quando iam aos correios, pediam ao Bazulaque que lhes escrevesse e lhes lesse as cartas e ele começou a levar duas cadeiras (já não precisava de três) para se sentar à entrada do posto dos correios de Lousada, onde podia praticar esse ato benemérito de natureza epistolar. De pronto, ao ler tantas cartas, deu-se conta de uma certa fealdade latente nas pessoas, algo que, na sua ingenuidade, já tinha experimentado, mas não tinha refletido sobre ela. Essa fealdade, que, neste caso, é sinónimo de maldade, era recorrente no conteúdo das cartas: amargura, cinismo, vinganças, insultos. É claro que havia também celebração e tristeza, amizade e saudade, mas o que impressionou o Bazulaque foi a profusão de pequenas e grandes maldades. Perturbado com elas, acabou por decidir fazer breves modificações, tanto na escrita como na leitura, ou seja, "corrigir" aquelas cartas, enobrecê-las e aproximar as pessoas. Começou por timidamente melhorar uma frase ou outra que não lhe soava bem e aos poucos foi introduzindo juízos de valor (este irmão deveria ser mais carinhoso, esta tia deveria ser mais preocupada, aquela prima não deveria ser tão abrupta, a vingança do Manel era assunto passado, etc.), foi acrescentando um abraço a mais, uma pergunta a mais, um elogio a mais, foi cortando críticas que achava desnecessárias, impertinentes ou pouco credíveis. O assunto ficou realmente sério quando a menina Maria da Piedade morreu. Na altura de ler a carta ao pai, o Bazulaque, em vez da notícia do óbito, disse solenemente, com a voz melosa, "Querido paizinho, estou de férias no Loire, que fica na França. Está tudo bem, o vinho não é como o nosso, mas não está mal, a paisagem é muito bonita".

Um mês depois deste episódio, reparou que o pai da Piedade, o senhor Gouveia, de Nespereira e Casais, andava mais lentamente, não jogava às damas no jardim municipal, passando muito do seu tempo numa solidão social. A solidão social define-se assim: pessoa que num grupo de amigos continua sozinha e mesmo parecendo comunicar com quem o rodeia, está na verdade a ter um monólogo sem sentido. O senhor Gouveia de Nespereira e Casais passara a arrastar os pés a caminhar como se lhe custasse deslocar-se. O

Bazulaque aproximou-se dele quando este contemplava a paisagem, sentado num banco de madeira à sombra de um plátano.
— Que bela que é a natureza!
— O quê? — perguntou o pai da falecida Piedade.
— A natureza... é bonita.
— Sim, a natureza...
— É bonita.

Ficaram depois em silêncio até que o senhor Gouveia se levantou e, sem se despedir, arrastou os pés em direção a casa. O Bazulaque seguiu-o de longe, não por curiosidade, mas preocupação. O senhor Gouveia verificou o correio antes de entrar na sua moradia que se chamava vivenda Piedade. O Bazulaque observou-o a remexer dentro da caixa do correio com gestos nervosos, passando a mão por todos os recantos, retirando-a durante segundos, para voltar a enfiá-la na caixa e repetir o procedimento.

O Bazulaque percebeu então que havia, ao mentir ao senhor Gouveia, criado um problema adicional: uma vez que este ignorava a morte da sua filha Piedade, esperava, como seria natural, que ela lhe continuasse a escrever. Com o passar do tempo, a ausência de missivas da filha começara a tornar-se um pesadelo. O Bazulaque percebeu então que teria de corrigir a correção, isto é, teria de resolver aquele problema que ele próprio criara.

6. E os carimbos? E os selos?

Bateu à porta do Cartas, como era conhecido o carteiro, levando uma garrafa de Porto debaixo do braço. Era domingo. Sentaram-se os dois no alpendre a bebericar o vinho.
— Tenho um trabalho para ti.
— Eu já tenho trabalho. Sou carteiro.
— Um outro trabalho.
— Qual?
— Preciso de enviar umas cartas.
— Basta ir aos correios.
— Acontece que são cartas falsas.
— Como assim?
O Bazulaque explicou ao carteiro como havia mentido sobre a morte da filha do senhor Gouveia de Nespereira e Casais, concluindo haver apenas uma coisa a fazer: continuar a escrever cartas em nome da Piedade endereçadas ao pai.
— Isso dá cadeia — respondeu o carteiro.

— Não executar este plano é matar o velho, mas é mais grave ainda: prevejo que seremos tolhidos pelo horror da infelicidade que provocámos, que irá destruir-nos como as pragas do Egito.

— A mim não, que eu não fiz nada.

— Mas sabes quais são as consequências se não me ajudares a executar o plano, e a passividade é tão ou mais culpada do que o gesto. Imagina-te no dia do Juízo, estando tu perante Deus, seres confrontado com a seguinte questão: porque não estendeste a mão ao homem que se afogava à tua frente?

— Nunca deixei nenhum homem afogar-se.

— Era uma analogia.

— Isso deve ser pecado.

— Pecado é não estender a mão.

— Pois repito: nunca deixei ninguém morrer afogado.

— Não conto contigo?

— O que diria Deus se me visse a mentir e a fazer o que a lei não permite?

Depois de um momento de silêncio, o carteiro voltou a encher os copos.

— Porque é que não pões tu as cartas inventadas na caixa de correio do velho?

— Ele ouve-te chegar, vai verificar a caixa. Se não estiver lá nada...

— Pões a carta antes de eu chegar.

— É uma hipótese. E os carimbos? E os selos? É preciso que as cartas tenham selos e carimbos.
— Não te posso ajudar.
O Bazulaque saiu irritado.

7. Marias e marias e marias até perder de vista

Apesar do revés que o plano sofreu relativamente ao senhor Gouveia, a missão de entregar o envelope com o poema encontrado no bolso do casaco em segunda mão fora posto em marcha, tendo o Bazulaque concordado com o laconismo do tio de Cristelos, Boim e Ordem: Marias há muitas. Depois de ter elaborado uma lista — com a ajuda da Maria (mais uma) Guilhermina da Conservatória — de todas as marias existentes à data, chegou ao número pantagruélico de três mil quinhentas e cinquenta e três marias: Maria do Rosário (23), Maria Antónia (321), Maria dos Anjos (87), Maria da Conceição (122), Maria Emília (70), etc., etc., etc. O número desmesurado de marias não o fez desistir ou vacilar e, durante o tempo livre, depois da escola, dedicava-se a visitar as marias da lista, uma a uma, pacientemente, e, no caso das falecidas, falar com os seus parentes mais próximos. Debalde.

A memória de muitas delas não ajudava nada, algumas tinham mais de noventa, e acontecia ficar o Bazulaque com muitas dúvidas a respeito de várias dessas marias, não sabendo se as havia de riscar da lista ou insistir mais tarde.

Na sua busca pela maria certa, cruzava-se amiúde com a infelicidade que o pai da Piedade arrastava no seu semblante, na sua postura. Não havia dúvidas, os pés do senhor Gouveia estavam cada vez mais pesados. O Bazulaque parava quando o via, ficando a observá-lo, depois suspirava, antes de retomar a sua demanda. À noite, em casa, já não conseguia ler. Pensava apenas na dor do senhor Gouveia e no insucesso da busca pela maria certa. Estava perdido e não sabia o que fazer.

8. Retrato

No último fim de semana de julho, durante a Festa Grande do Concelho em Honra do Senhor dos Aflitos, junto ao crucificado com oito metros de altura, estava um retratista e à frente do retratista uma senhora a ser retratada. O Bazulaque parou junto ao artista para ver o desenho. Este virou-se e repreendeu-o:

— Dê-nos espaço, a mim e ao desenho, que precisamos de respirar.

— Peço perdão.

O Bazulaque afastou-se um pouco, ficando a admirar a destreza do retratista a uns cuidadosos dois metros. Quando o artista deu por terminado o retrato, o Bazulaque aproximou-se para lhe perguntar quanto custaria desenhar a sua mãe.

— Mas há um problema — disse o Bazulaque.

— Qual?

— A minha mãe jamais posaria para que lhe fosse feito um retrato.

— Posso fazer a partir de fotografia.
— A minha mãe não se deixa fotografar. Acha que a alma se esvai na imagem e que não se deve cultuar a aparência, a matéria ou a carne, quando temos um espírito imortal que nenhum pincel consegue representar.

O retratista passou a mão pelos caracóis do cabelo, não para se pentear, mas como pausa dramática antes de prosseguir o diálogo com o Bazulaque.

— A sua mãe engana-se, um bom artista consegue encontrar na carne a chama da alma, pois esta transparece, não há nada estanque na natureza, e a alma não é exceção. Sempre que pode, a alma abre uma janela para espreitar e o artista atento não fará mais do que captar esse instante, o momento preciso em que alma põe a cabeça de fora da carne.

— Sim, talvez.
— Chamo-me Eduardo.
— António.

Apertaram as mãos. Eduardo encostou os dedos indicador e polegar da mão direita ao bigode, na base do nariz, e afastou-os devagar para ajeitar os pelos do bigode.

— Mas se a sua mãe não quer ser retratada, por que motivo quer o senhor retratá-la?
— Porque se eu lhe sobreviver, e essa é a hipótese natural, quero ter uma imagem sua. Te-

nho reparado que a memória é fraca e, quando à noite, de olhos cerrados e deitado na minha cama, tento recuperar os rostos dos meus falecidos avós, não consigo evocar as suas feições. Não quero perder os traços da minha mãe. Não confio na memória.

— Continuamos a ter um problema. Se a sua mãe não quer posar e se não há fotografias, não tenho maneira de a desenhar. Aliás, seria mais fácil tirar uma fotografia sem que ela percebesse do que pintá-la, não lhe parece?

— Não, por questões éticas. A minha mãe proibiu que lhe tirassem fotografias, mas nunca se pronunciou em relação a retratos pintados.

— Compreendo. Mas como fazer? Se ela não quiser posar, e de certeza não o fará, não tenho como...

— Tenho uma ideia para resolver isso. Sei que vai encarecer o trabalho, mas estou disposto a pagar-lhe bem por algo assim.

9. Coleção de selos Ho

Até meio de julho desse ano, o Bazulaque conseguiu visitar cerca de três centenas de marias. Cada visita era uma derrota mais, apesar de cada derrota o aproximar de um possível desenlace. Durante uma dessas visitas, em casa da senhora Maria da Esperança, a criada pediu-lhe que esperasse na biblioteca, pois a patroa estava a dormir a sesta. O Bazulaque, como qualquer bibliófilo, ficou imediatamente hipnotizado pelas lombadas dos livros, tirou da estante um, depois outro, depois outro, depois outro, depois outro, lendo badanas, contracapas e eventualmente uns trechos do miolo por curiosidade. Num móvel isolado, ao lado da lareira, havia uma enciclopédia com centenas de volumes. Tirou um deles, passou os dedos pelo índice, chamando-lhe a atenção o verbete com o seguinte título: "(Coleção de selos) Ho".

Abriu na página respetiva e leu o seguinte texto:

A coleção de selos mais cara de sempre foi comprada por Tristan Gould. A história desta coleção tem origem numa mulher magoada, uma artista plástica abandonada pelo seu amante, que terminou a relação acusando-a de ser desinteressante, de ser uma pessoa com pouco mundo, com poucas experiências relevantes, acomodada, burguesa, que não sabia o que era o amor porque nunca tivera amantes, e esta artista, Elena Ho, decidiu então provar ao homem que a magoava que ela não era nada do que ele imaginava, que era aventurosa e passional. Decidiu então viajar, ter amantes exóticos, destinos exóticos, sentimentos exóticos. Mas não foi capaz. E, por não ser capaz, engendrou uma maneira de mostrar ser aquilo que não era, sem nunca sair do país, nem sequer da cidade onde vivia. Arquitetou um plano epistolar. Começou a enviar cartas ao ex--amante. Na primeira missiva dizia que tinha partido para o país vizinho. Pintou um selo espanhol, motivo estremenho, e pintou também o carimbo dos correios, traços pretos em cima da praça de touros com que ilustrara o selo. Depois, porque não obteve resposta, decidiu que iria para mais longe, para França. Voltou a pintar o selo, o carimbo, dizia que passeava todos os dias pelas margens do Sena, bebia chocolate quente na Île Saint-Louis e sentava-se horas, num ritual quotidiano, em frente aos amantes de Goya. Mais longe, pensava, era a sua maneira de dizer que ele a perdia, cada vez para mais longe e que, nessas viagens, lhe mostrava uma felicidade inaudita. Não obteve resposta, voltou a viajar, chegou a Viena. Pintou um novo selo, arranjou, para lhe fazer ciúmes, um amante, e passava as tardes a beber chá preto e a pintá-lo nu com a luz morna que entrava pela grande janela que dava para a catedral enquanto ouvia Mozart. E como não obteve resposta, foi ainda para mais longe, novos selos, novos países, comia sade pilav em Istambul, passeava pelas ruas estreitas de Tbilissi, pintava as ondas do Mar Negro em dias de chuva, conheceu Samarcanda, chegou à Índia, à China.

Tudo inventado.

Nunca deixou de ser vizinha do homem que amava.

Nunca obteve resposta.

Via-o, da janela, a sair de casa e a voltar. A ter novas relações. A envelhecer.

Tristan Gould comprou estas cartas por um preço absurdo, justificando: "São objetos artísticos muito valiosos, porque encerram a possibilidade de, mais do que viver, imaginar viver. Objetos tão planos como selos dos Correios encerram em si a dor da desilusão."

Quando a senhora Maria da Esperança despertou da sesta e desceu para a biblioteca, encontrou-a vazia. O Bazulaque tinha saído sem dizer nada, mal terminou a leitura do verbete da enciclopédia relativo à coleção de selos Ho.

10. Novo plano

Entrou de rompante no estúdio do retratista. Eduardo estava a beber café e a olhar pela janela, absorto na paisagem coberta de névoa. Virou-se lentamente, ajeitando o colete de fazenda de onde saía o fio de um relógio de prata.
— Tenho um trabalho para si.
— Outro?
— Outro, sim. Por falar nisso, como vai o retrato de minha mãe?
— Já pus o plano a mexer. Mas terá de ter paciência, que não tenho a sua idade. Já fui jovem uma vez, lembro-me bem desse dia, mas desde que a curva descendente da vida me agarrou pela nuca e as inexoráveis agruras me ocuparam o corpo, já não tenho a destreza e a energia necessárias para ser incauto, espontâneo e bonito. Agora, tudo o que faço é feito com a destreza da lentidão. Não há nada mais preciso do

que a lentidão. Um jovem atira um dardo contra o alvo com o ímpeto próprio de quem não tem tempo a perder, apesar de ter, potencialmente, tanto tempo pela frente; uma pessoa com mais umas décadas vê o dardo partir lentamente para o alvo, vai corrigindo a sua trajetória, um milímetro para a esquerda, dois para a direita, um toque para cima, como quem tem todo o tempo do mundo, apesar de já não ter assim tanto. Em relação ao retrato da sua querida mãe, durante o mês de agosto terei resultados para lhe mostrar.

— Muito bem.

— E o outro trabalho que tinha para mim?

— Bom, o meu outro plano é o seguinte: quero contratá-lo para criar selos inventados e carimbados.

— Isso é legal?

— Não sei, mas a causa é boa. Em todo o caso, há que não descurar o trabalho inicial.

— Sim, durante o mês de agosto...

— Espero que sim.

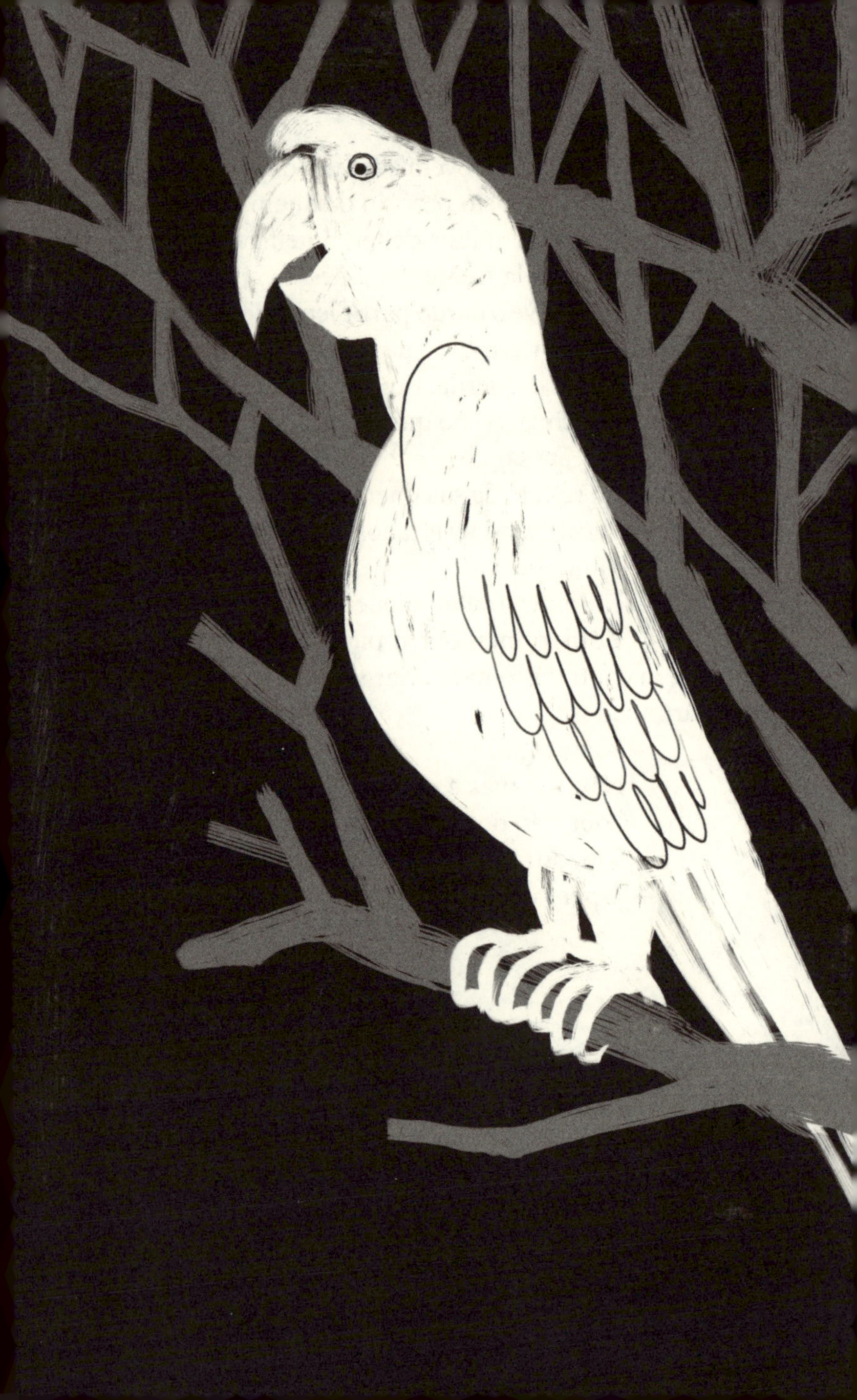

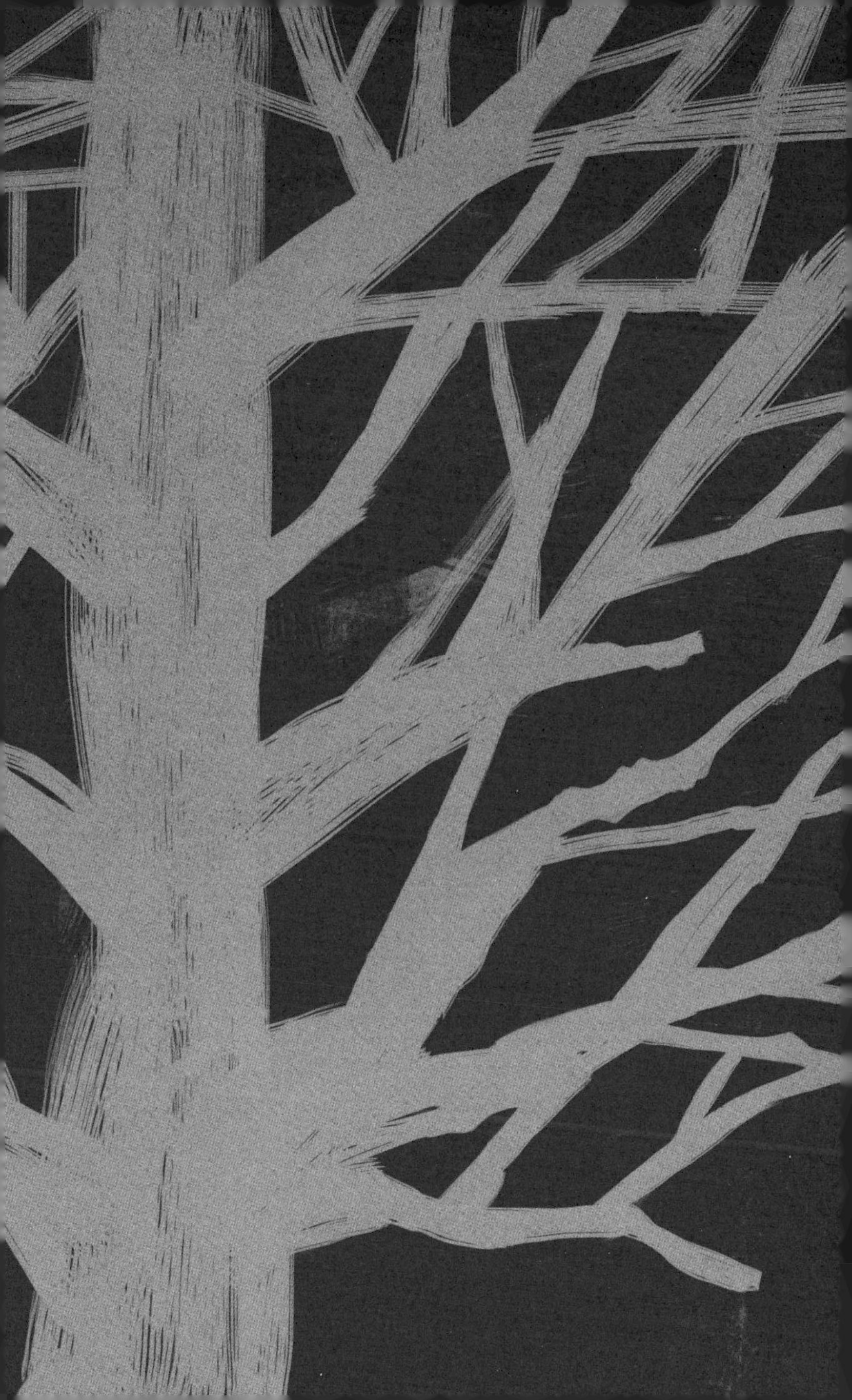

11. Entre os Abokowo, onde escasseiam os postos de correio

Foi com um sorriso de felicidade mal disfarçada que o Bazulaque viu o senhor Gouveia aproximar-se dele com uma carta na mão. Já não arrastava os pés. A tremer, retirou a missiva do envelope, desdobrou-a, alisou-a e entregou-a ao Bazulaque para que a lesse, mostrando depois, com orgulho, os três postais que acompanhavam a carta, uma ilustração de um indígena Abokowo, outra de uma sucuri, outra de uma arara. O Bazulaque aclarou a garganta com um pigarrear antes de começar a leitura. Como fundo, a seu pedido, tocava um noturno de Chopin.

— Meu querido paizinho, estou cheia de saudades. Perdoar-me-á este tempo sem lhe escrever, mas viajava pela selva amazónica, lugar onde os postos dos correios escasseiam. Tenho feito um grande périplo pelo Brasil de que lhe darei conta em futuras cartas. Neste momento

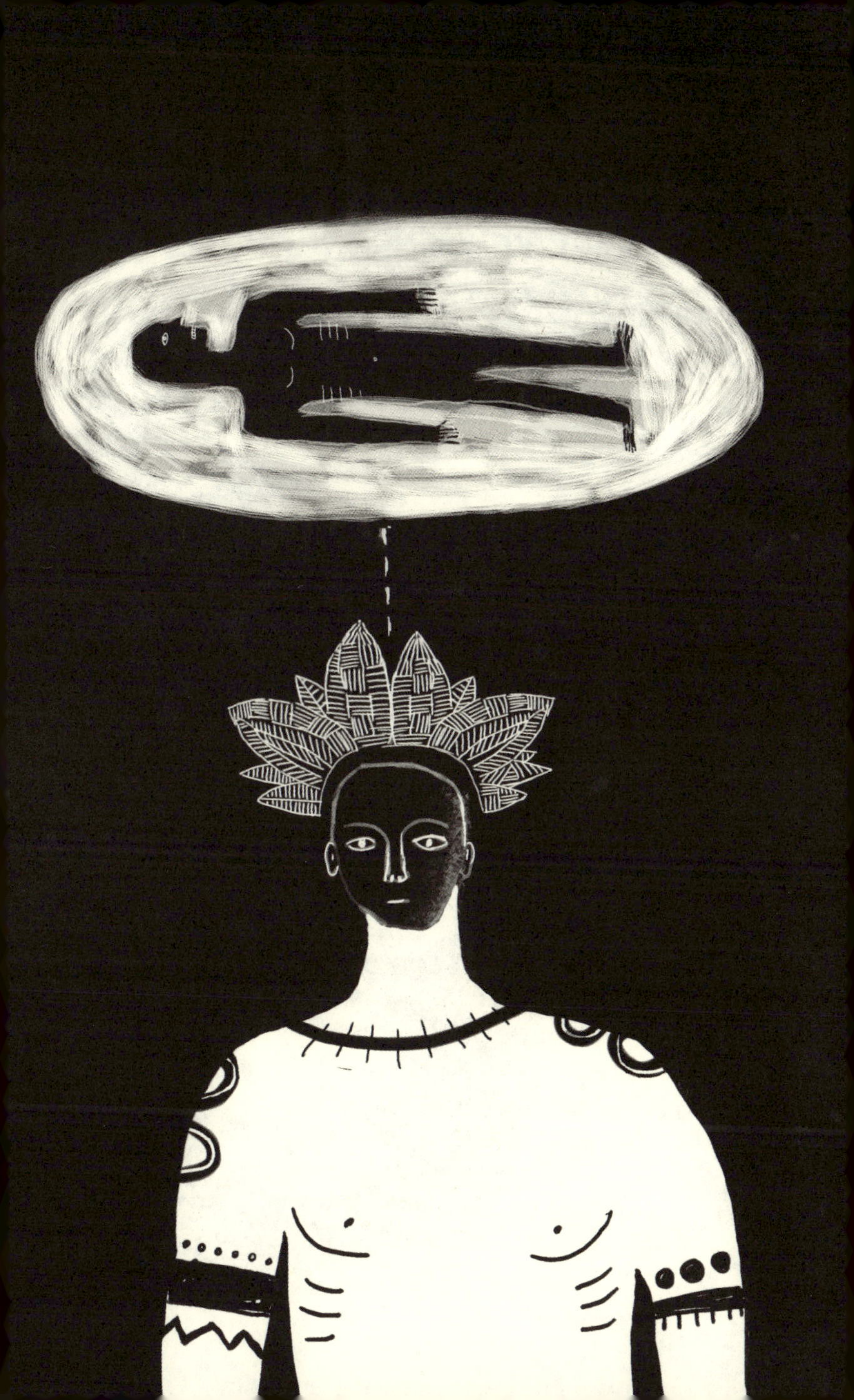

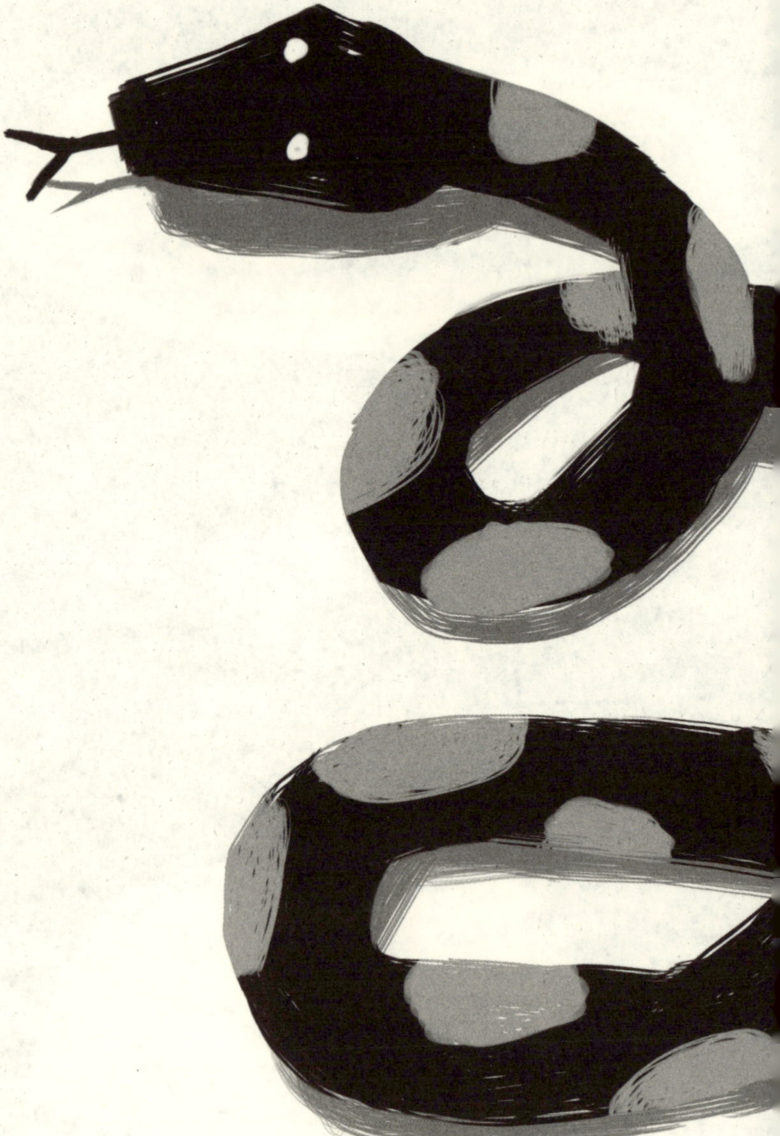

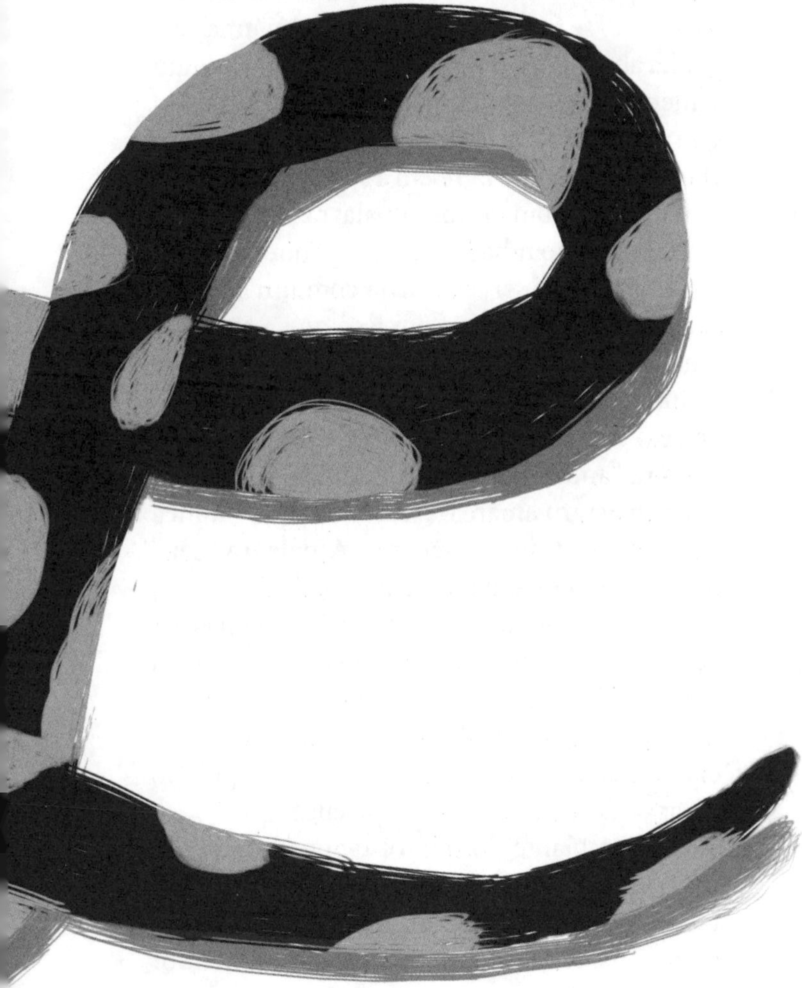

estou entre os Abokowo. Sabia o paizinho que eles se penduram em árvores para amadurecerem como se fossem frutos? E que têm uma vergonha absurda de serem donos de algo? Quando sentem possuir alguma coisa, o embaraço é tanto que por vezes se afastam do acampamento para chorar. Intrigante é também a sua linguagem que se confunde com gestos: a palavra "amizade" é sempre acompanhada de uma pequena rã colorida que deve ser apanhada com um dedo de cada mão, mostrando com isso que a amizade tem de ser tratada com grande delicadeza e deve ser um encontro — aqui simbolizado pela rã — entre o dedo de uma mão e o dedo da outra. A palavra "amor" vem acompanhada de um pequeno pássaro amarelo e castanho que nidifica em ovos partidos de jacarés. A palavra "céu" deve ser acompanhada de uma pele de sucuri, pois, para os Abokowo, ninguém vê de facto o céu sem ter presente quem anda na terra. Essa mesma palavra tem uma segunda maneira de ser dita, que implica ensinar uma arara a pronunciá-la, sabendo que a ave a entregará depois ao lugar onde a palavra "céu" pertence.

O semblante do senhor Gouveia, alterado pela descrição dos costumes dos Abokowo, contados pelas palavras da sua filha, tremia ligeiramente, parecendo desfocado, como se o amor o desfocasse.

12. Nervosismo

No mesmo dia em que a falecida Piedade voltara a escrever ao seu querido pai, o Bazulaque teve uma estranha sensação ao chegar a casa: sentiu alguma frieza no acolhimento que a sua mãe costumava prodigalizar com excessivo afeto. Jantaram em silêncio, o pai, a mãe e ele (com um livro aberto à sua frente e o prato da comida ao lado). O Bazulaque, para melhor fazer a digestão das couves, resolveu ler alto uns versos de um poeta chinês, Li Shang-Yin, enquanto caminhava,

O mundo esconde-se na ponta de uma agulha

Não deixando de observar a sua mãe que parecia muito nervosa, torcendo as mãos ou caminhando de um lado para o outro, empandeirada,

para escrever nas pétalas uma mensagem às nuvens da manhã.

abrindo e fechando as cortinas, espreitando por elas,

num sonho deram-me um pincel de muitas cores

sentando-se, levantando-se
num sonho deram-me um pincel de muitas cores para escrever nas pétalas...
voltando a sentar-se, tamborilando os dedos na mesa,
a não ser que encontres Hsiao Shi e a sua flauta, não olhes para trás,
torcendo as mãos no colo,
eu estudei magia, posso retardar o fim do dia.
comentando uma ou outra frase do marido, mas sem sequer olhar para ele,
por duas carpas te envio esta mensagem
voltando a abrir uma fresta das cortinas para espreitar,
estás tão longe como a estrela polar e a primavera
despedindo-se e retirando-se dizendo que estava cansada e que precisava de dormir.
notícias tuas nunca se dirigem para sul.

13. Por baixo de olhos tranquilos, um rio

Na oficina de Eduardo, o Bazulaque viu algumas dezenas de esboços do rosto de sua mãe. Nada definitivo, claro, mas alguns pormenores traziam à superfície do papel uma estranha realidade, parecendo esses detalhes mais verdadeiros do que os do rosto verdadeiro. Impressionado com essa sensação, o Bazulaque comentou-a com Eduardo.

— É que — disse o artista — quando se desenha, alguns traços são irrelevantes e outros são fundamentais nas suas proporções e relações. Uns desaparecem ou aparecem com o tempo, enquanto outros se mantêm inalterados por debaixo de todas as mudanças. São esses que quando os captamos transformam o retratado em linguagem emocional, que transcende o que se vê, porque se subtiliza em afecto...

Sim, pensou o Bazulaque parafraseando mentalmente versos de William Carlos Williams: *Estou ciente do rio sem palavras que corre por debaixo do céu tranquilo dos teus olhos.*
— E há mais selos para as cartas da Piedade?
Eduardo levou-o ao estirador onde se encontravam ilustrações das próximas cartas, bem como os respetivos selos já carimbados e colocados nos envelopes.
— Perfeito.
Pensativo, o Bazulaque pousou os postais, voltando a erguê-los à altura dos olhos, um a um.
— O que se passa?
— Será que o senhor Gouveia não irá desconfiar do facto de todos os postais terem ilustrações com um traço semelhante, apesar de terem origens geográficas diferentes?
— A emoção tolda o juízo. É impossível que ele repare em tais minudências.

Ao entardecer, quando a mãe do Bazulaque voltava a casa, um homem observava-a do outro lado da rua. Ela voltou-se de repente e o homem sorriu-lhe. Da janela da sala, o pai do Bazulaque via tudo através de uma fresta das cortinas.

14. A poesia é para comer, ó subalimentados do sonho

A mãe do Bazulaque ao acordar encontrou o filho a deambular pela casa e a dizer versos.

— Já? Em jejum?

Sim, o Bazulaque recitava versos, até de autores estrangeiros como Wallace Stevens, em jejum: *Meço-me / Contra uma árvore alta. / Descubro que sou muito mais alto, / Pois chego mesmo até ao sol, / Com os meus olhos.*

Sentado à mesa para tomar o pequeno-almoço, o Bazulaque não comeu nada, deixando as torradas arrefecerem ao som dos versos de Natália Correia, *ó subalimentados do sonho! / a poesia é para comer.*

A mãe andava cada vez mais nervosa, abrindo e fechando as cortinas da cozinha, da sala, espreitando para fora como se esperasse que alguma coisa lhe acontecesse. O Bazulaque levantou-se para sair.

— Não comes nada?
— Como assim? Ainda não fiz outra coisa senão comer, a poesia é para comer.

A mãe encolheu os ombros e António de Lousada, o Bazulaque, pôs mais um envelope no bolso do casaco e correu até casa do senhor Gouveia para lhe deixar na caixa de correio — antes que o carteiro aparecesse — mais uma carta da Piedade.

À tarde, sentado nas duas cadeiras do costume, o Bazulaque lia cartas a quem lhe pedia (com as devidas correções às grandes e pequenas maldades perpetradas entre amigos, familiares, colegas, conhecidos, desconhecidos): a senhora x escreveu insulto y e o Bazulaque emendava para um y dos bons, dos que não magoam, uma crítica construtiva ou mesmo um elogio.

E depois, de repente, o senhor Gouveia, cuja leveza dos passos o fazia aparecer sem ser notado, quase como uma aparição. O pai da Piedade retirou do bolso a carta que o próprio Bazulaque havia deixado na sua caixa de correio, tirou os postais com evidente júbilo, mostrando-os ao seu leitor, mas também a quem passava.

— Querido paizinho, espero que se encontre bem. Aqui estou na Baía, em companhia de orixás, acarajé, moqueca e vatapá. No terreiro do pai Obá Oxum cruzei-me com uma dessas forças abstratas, um orixá-rio que me falou das

correntes invisíveis onde estamos mergulhados ainda que pareça que navegamos à superfície. Nas ruas há sempre pessoas a dançar, a comida é excelente e o clima...
— Diga para ela se agasalhar.
— Eu não posso dizer nada, que isto é uma carta e como a sua filha está em trânsito, não tendo morada fixa, não nos é possível responder-lhe.
— Tem toda a razão.
— Bom, como dizia, o clima é...
— Ela que se agasalhe.

15. Os rostos amados na escuridão

Na oficina de Eduardo, o artista esperava a visita do Bazulaque, sentado numa cadeira em pose tépida, amolecido pelo calor da tarde. A seu lado, um cavalete coberto por um fino lençol de linho. Quando o Bazulaque entrou, Eduardo levantou-se e com um gesto ensaiado destapou o cavalete revelando um retrato.

António de Lousada, o Bazulaque, ficou por momentos em silêncio e quedo, a meio de um passo, até que o assombro o libertou e pôde então expressar a sua admiração. Estava encantado com o resultado.

— Embrulhe. Levo hoje para casa, mas a minha mãe não pode perceber que levo um retrato dela.

— Fiz melhor do que isso.

O artista fez rodar o retrato fazendo aparecer uma paisagem com moinhos.

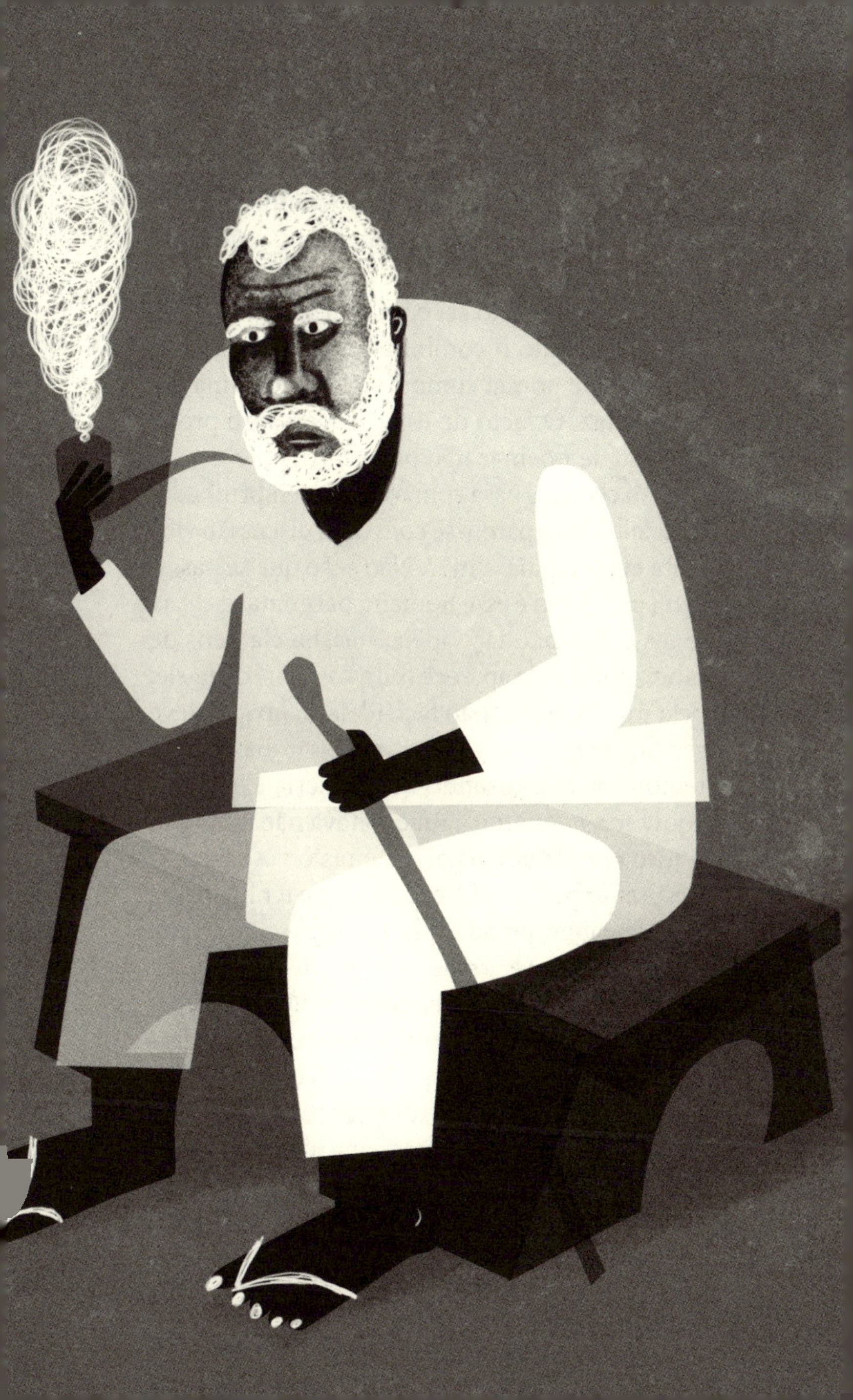

— Assim, com este sistema, poderá ter a paisagem ou o retrato de sua mãe, conforme pendura o quadro. Não tem parte de trás, são duas partes da frente.

— Perfeito, não sei como lhe agradecer.

— Pagando o combinado, que eu não me alimento de poesia como o senhor costuma dizer que faz. O facto de estar mais magro prova que isso de poemar não puxa carroça.

Ao chegar a casa com o quadro embrulhado, o Bazulaque deparou-se com uma discussão violenta entre o pai e a mãe. Não sei o que se passa, dizia ela, quem é esse homem, perguntava ele, já te disse que não faço ideia, insistia ela, tens de saber, pois se ele aparece todos os dias, dizia ele, pela minha saúde, não faço ideia, acho que deve ser um maluco, argumentou ela. O Bazulaque tentou intervir dizendo que poderia explicar o equívoco, enquanto a mãe gritava não sei quem é, juro por Deus, e o pai, quantas vezes não te vi a espreitar pela janela, e ela, porque tenho medo, e o Bazulaque, posso explicar o equívoco, e o pai, qual equívoco, e a mãe, qual equívoco, o equívoco, disse o Bazulaque, está mesmo aqui, reparem, disse ele, desembrulhando o quadro. Uma paisagem com moinhos é esse o equívoco, perguntou o pai, e o Bazulaque fez rodar a pintura mostrando o rosto da mãe, um rosto luminoso e cândido, deixando mudos ambos os progenitores. O que se passa, perguntou a mãe, o que se passa, perguntou o pai. Explicou o Bazulaque algo muito simples, que quando fechamos os olhos não nos lembramos dos rostos que mais amamos e conhecemos, os traços tornam-se vagos, por favor, pai e mãe, experimentem fechar os olhos, pensem um no outro e tentem evocar os rostos amados na escuridão e verificarão que eles não se deixam domar e, por esse singelo motivo, senti-me no dever filial de perpetuar o rosto da minha querida mãe, para que, se um dia ela nos entristecer com a sua ausência, possamos ter o rosto que os olhos fechados são incapazes de oferecer. Havendo vós, querida mãe, lançado anátema sobre a fotografia, pedi a um retratista que a observasse e a pintasse. Ora, acontece que o artista foi pouco discreto desencadeando esta confusão matrimonial.

Nesse instante, os pais do Bazulaque, em silêncio a olhar para o filho, depois para o retrato, abraçaram-se em lágrimas.

— Mas isto não ficará sem o devido castigo — disse a mãe. — A seu tempo, a seu tempo...

16. Panados

A Piedade, que não parava de viajar por lugares lindos, cheia de saudades do paizinho, enviando amor e saudades de lugares distantes.
— A minha Piedade continua a viajar, hã?
— É verdade.
— Não para. Viaja muito.
— Muito. Neste momento, está na Áustria, lugar onde se ouve Mozart e se come Wienerschnitzel.
— Isso é o quê?
— Panado de carne.
— Gosto de panados.
— E caminho pelas florestas onde há veados e javalis e cavalos e castelos, por entre plátanos e freixos e bétulas repletos de outono, e à noite, em salões barrocos, valso. Num bar de Viena pude escutar um concerto de Erik Gould.
O senhor Gouveia era daquelas pessoas que pestanejam muito, três ou quatro vezes seguidas.

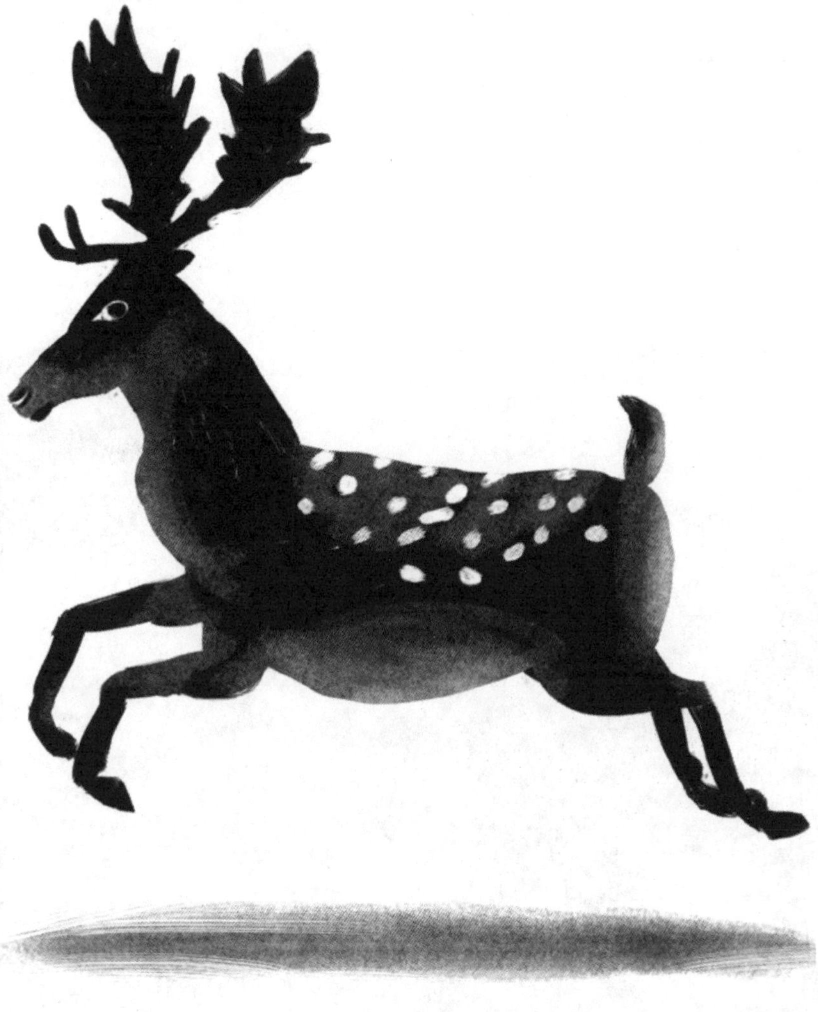

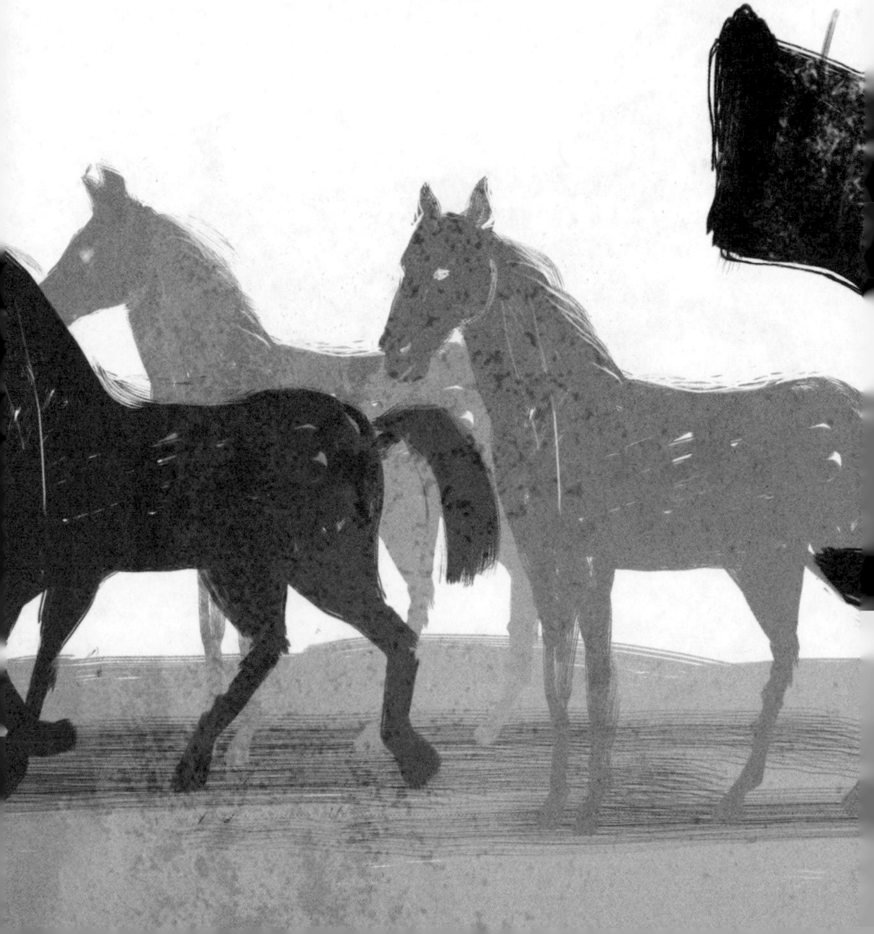

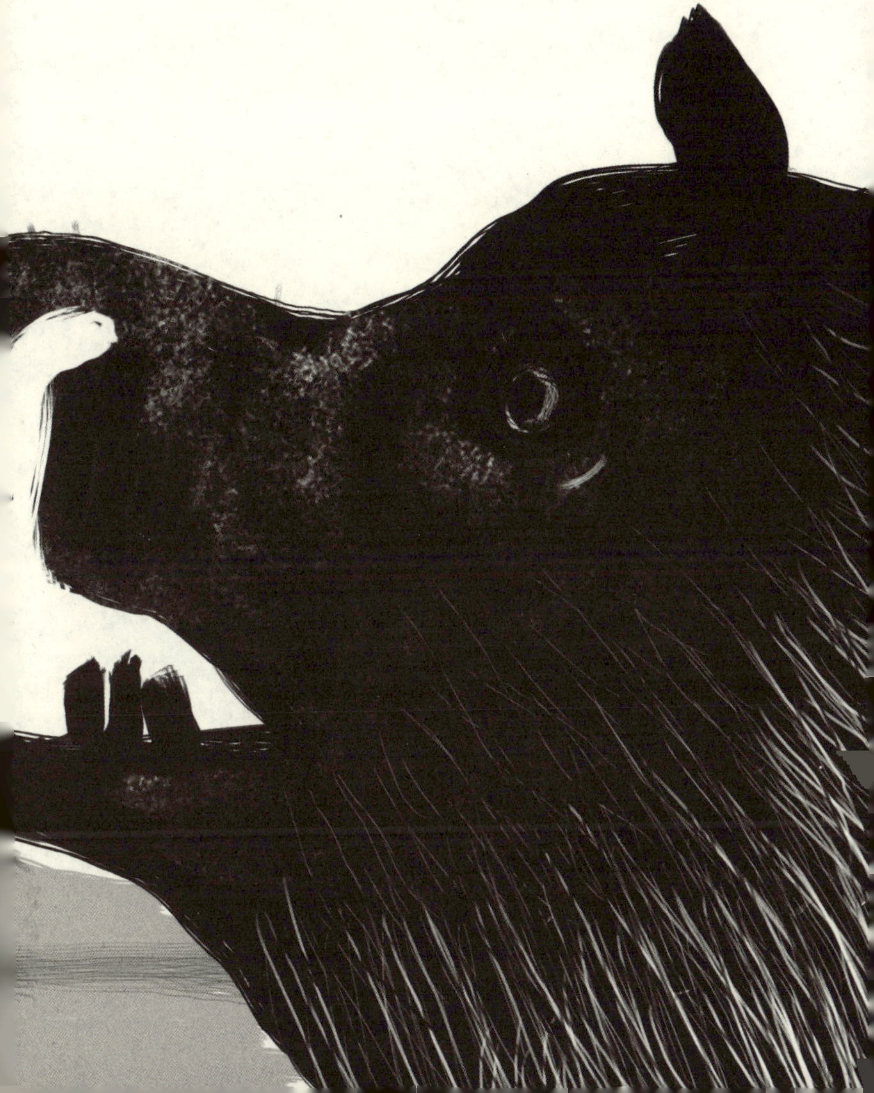

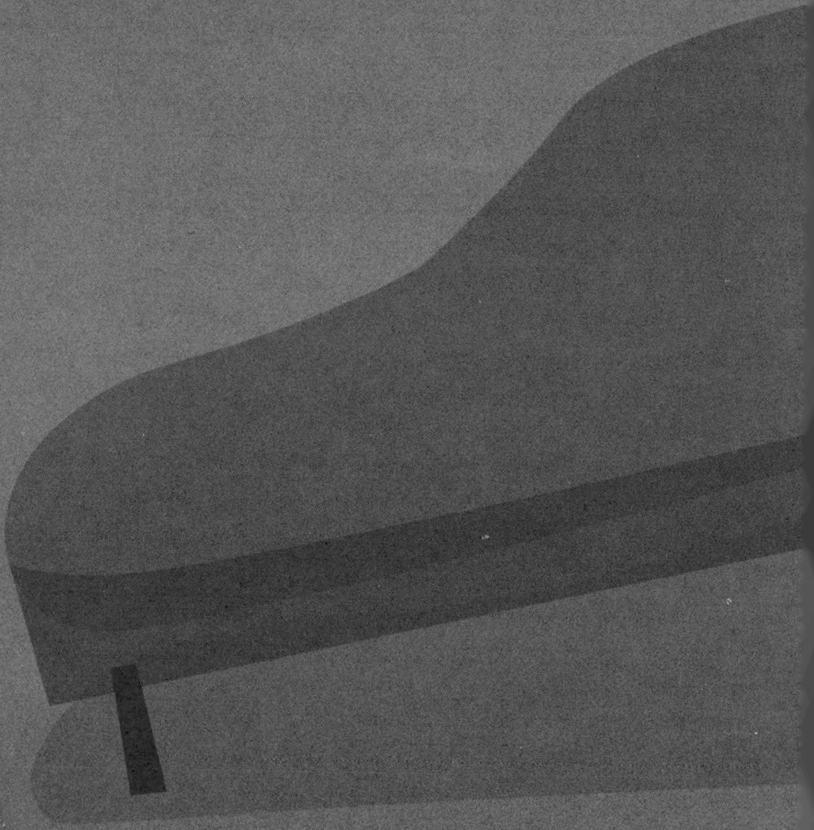

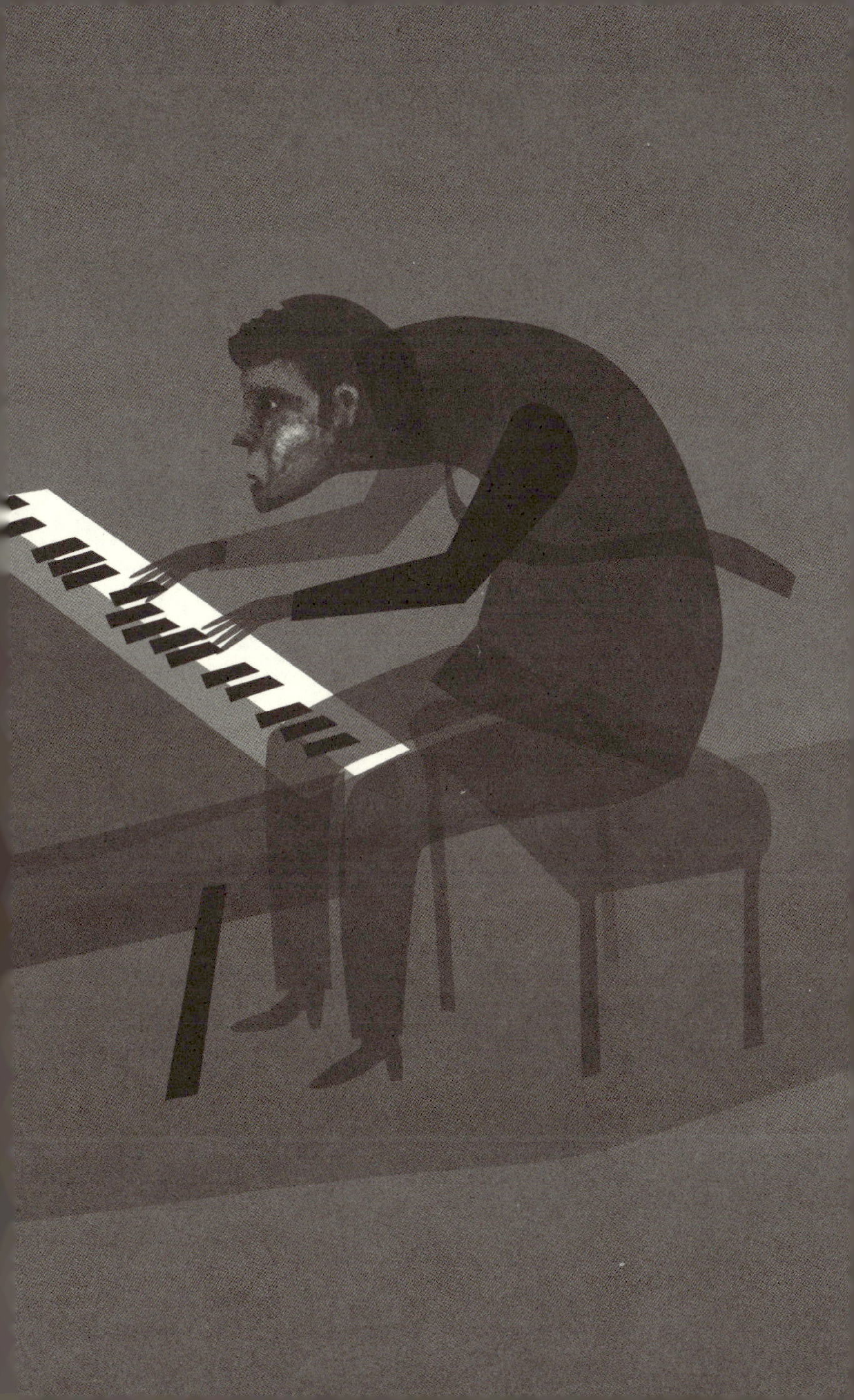

O Bazulaque ficou a observá-lo a afastar--se, num misto de tristeza e admiração. Não o ouviu porque os seus pés não tocavam o chão, mas repetia para si mesmo, como uma oração, gosto de panados.

Na semana seguinte, outra vez sentado na sua cadeira (já prescindia da segunda) no posto dos correios, tratando da correspondência de quem não o podia fazer, depois de ler ao pai da menina Maria da Piedade mais uma carta inventada (tinha posto a falecida a viajar pela Bolívia: "Querido paizinho, que altos são os Andes), apareceu uma senhora, Maria dos Santos,

e deu-se o milagre.

17. Maria dos milagres

A senhora que tinha à sua frente, Maria dos Santos, queria enviar uma carta à irmã. Estava ultrajada com os acontecimentos recentes e não perdoava o falecido marido pelo que este lhe contara antes de morrer. O Bazulaque, claro, ia suavizando o discurso enquanto escrevia o que lhe era ditado. Pois bem, acontecera que o marido de Maria dos Santos, chamado Francisco, no seu leito de morte, decidira confessar um episódio passado há mais de cinquenta anos, ainda eram solteiros. Na altura, o melhor amigo do Francisco, chamado Eduardo, estava apaixonado pela Maria dos Santos, paixão recíproca, ainda que apenas manifestada à distância por olhares tímidos e sorrisos envergonhados. Eduardo, tolhido pela timidez, escreveu um poema onde revelava o seu amor e a propunha em casamento. Pôs o poema num envelope, lambeu-o e fechou-o, depositando-o nas mãos do melhor amigo, Francisco, para que este o entregasse e o lesse à Maria dos

Santos, coisa que o amigo nunca fez, deixando-o esquecido no bolso do casaco. E nunca o fez pelo simples motivo de que também amava a Maria dos Santos e, num gesto de ignóbil traição à mais elementar amizade, havia mentido dizendo que a moça jamais se casaria com ele, não tinha interesse nele, e os sorrisos e os olhares trocados não eram, da parte dela, de paixão, mas de escárnio. Eduardo, depois de dias enclausurado no quarto, derrotado por uma profunda tristeza, decidiu então abraçar uma vida monástica no convento de Singeverga, onde haveria de morrer vinte e dois anos depois. Pouco a pouco, Francisco foi conquistando a Maria dos Santos e ela, sem nunca ter estado verdadeiramente apaixonada por ele, acabou por ceder às súplicas e casou-se. Evidentemente, a confissão do marido havia criado uma justificada revolta em Maria dos Santos, que ao ditar a carta ao Bazulaque, dirigida à irmã, dizia: "E esse homem com quem vivi cinquenta anos, mentiroso e traidor, ainda me pediu que o perdoasse e eu, estando ele a morrer...", a partir daqui o Bazulaque fez um sinal com a mão, instando Maria dos Santos a parar o ditado. Levantou-se da sua cadeira, abriu a mala de couro que levava sempre consigo, tirou o velho envelope amarrotado que o tio de Cristelos, Boim e Ordem encontrara no bolso do casaco que, muito provavelmente, pertencera ao falecido marido de Maria dos Santos e, com toda a gravidade de que era capaz, leu o poema que lhe fora dirigido há mais de meio século. Pois bem, nesse momento dá-se a quarta grande viragem na vida do Bazulaque. À medida que lia o poema, foi-se apercebendo que, por entre as lágrimas que a Maria dos Santos derramava, se dava uma transformação, uma transfiguração mágica, o rosto dela ficava mais jovem, a pele mais suave, e mesmo com a tristeza inevitável daquele momento, havia uma beleza que irradiava da cara enrugada, beleza que aumentava a cada palavra do poema. Esse fenómeno haveria de abrir as portas ao momento quinto, aquele que transformaria a vida de tanta gente.

Mas não se teria dado esse momento sem o seguinte episódio, um dos mais marcantes da vida do Bazulaque, e que lhe deixaria uma cicatriz para o resto da vida.

18. Histórias

No dia que se seguiu à descoberta da maria certa, momento de extrema glória na ainda curta vida de António de Lousada, o Bazulaque, o carteiro bateu à porta. Várias batidas impacientes que denotavam alguma urgência.

O Bazulaque, na ausência dos pais, abriu a porta.

— Que se passa?
— O senhor Gouveia...
— O que tem?
— Vem comigo.

O Bazulaque seguiu o carteiro até casa do pai da menina Maria da Piedade, foi recebido por uma senhora que disse ser irmã do senhor Gouveia, que o levou até ao quarto.

Junto à cama, alguns postais: um deles com o atentado de 11 de Setembro às Torres Gémeas, que a falecida teria presenciado dizendo "não foram edifícios que caíram, foram pessoas, foi a humanidade", uma imagem de um casal a dançar tango do tempo passado em Buenos Aires e dervixes mevelevi numa cerimónia na Anatólia central a rodopiarem (que é a sua forma de orar). O senhor Gouveia, deitado na cama, estava a morrer. Lágrimas grossas escorriam-lhe pela face. Com um gesto mandou sair a irmã.

— Não há mais cartas?
— Não, senhor Gouveia, talvez para a semana...
— Já não precisa mentir mais.
— Mentir, senhor Gouveia?
— Achou que eu não percebia que estas ilustrações dos postais são do mesmo artista?
— Eu...
— Não se desculpe. Sabia desde o início. Fui-me alimentando dessas histórias.

Agarrou na mão do Bazulaque, a cara desfocada por uma estranha luz:

— Obrigado.

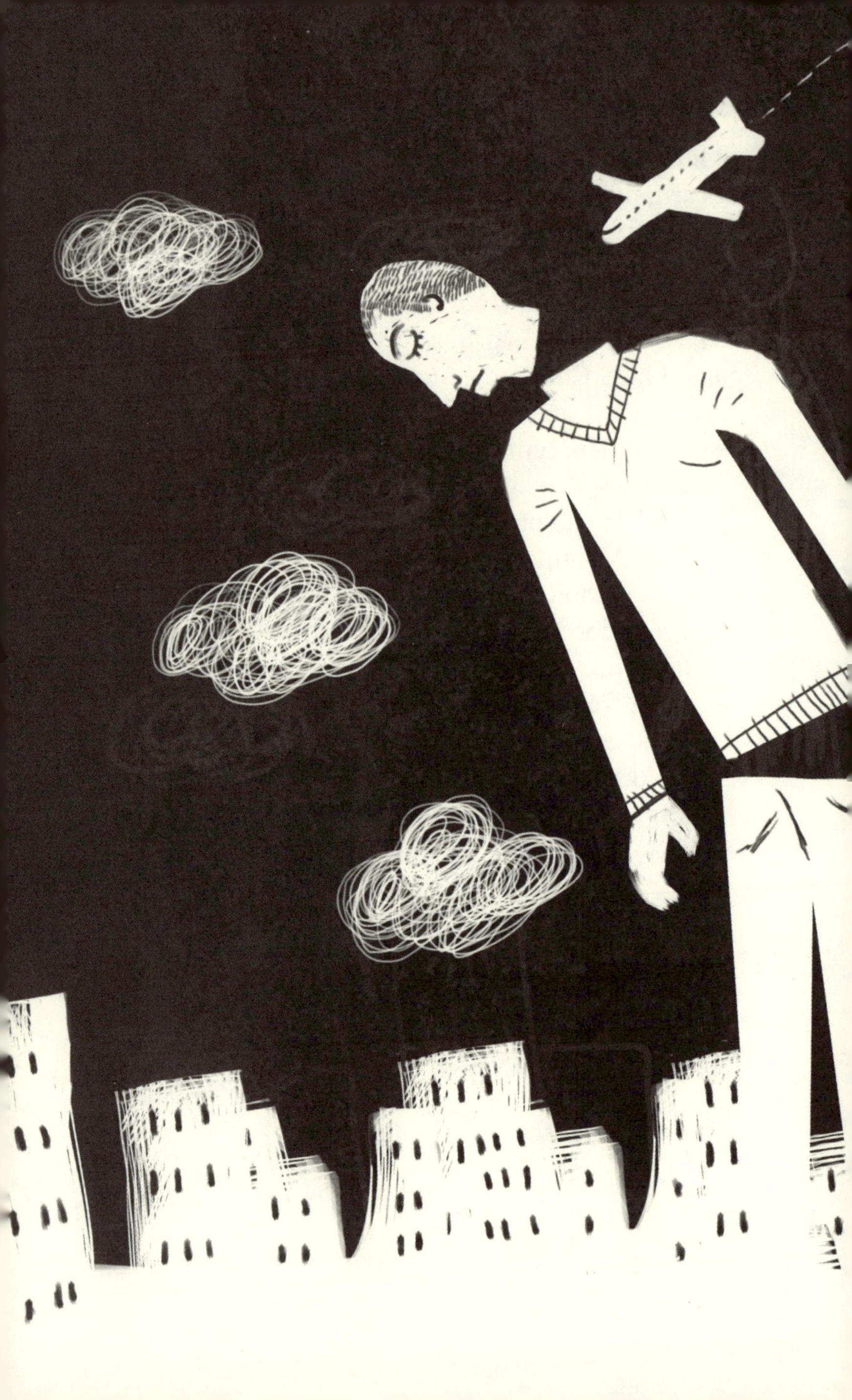

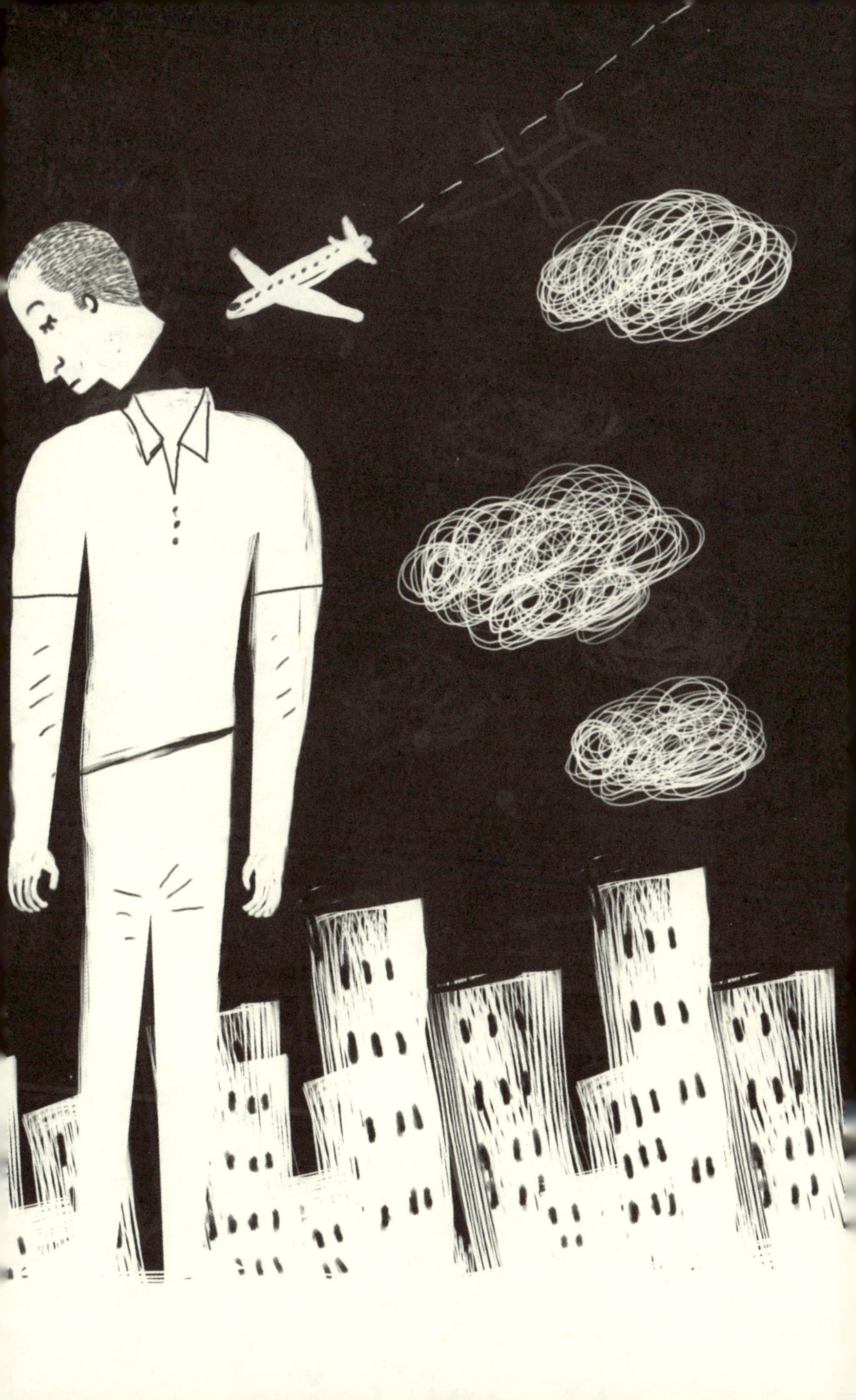

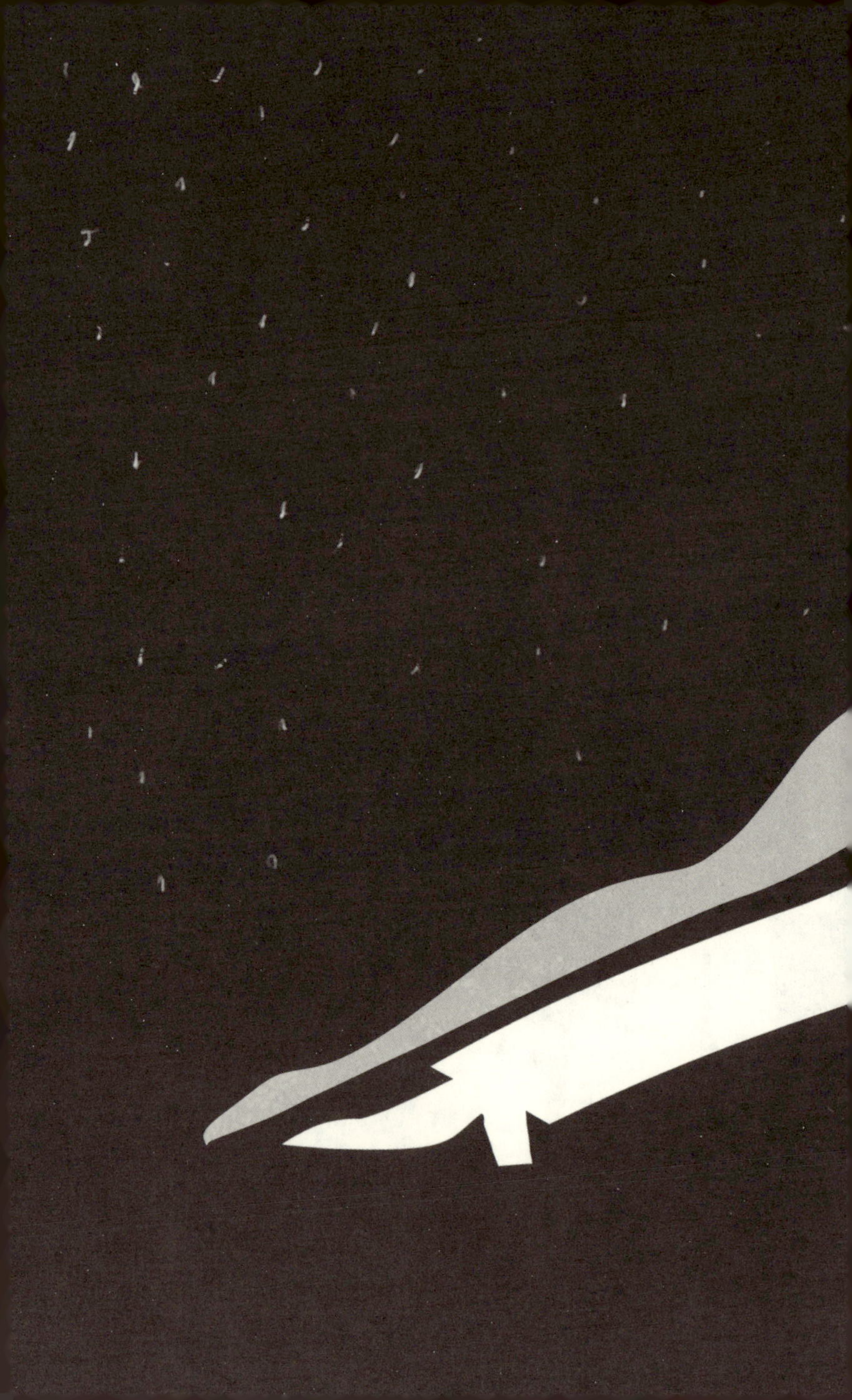

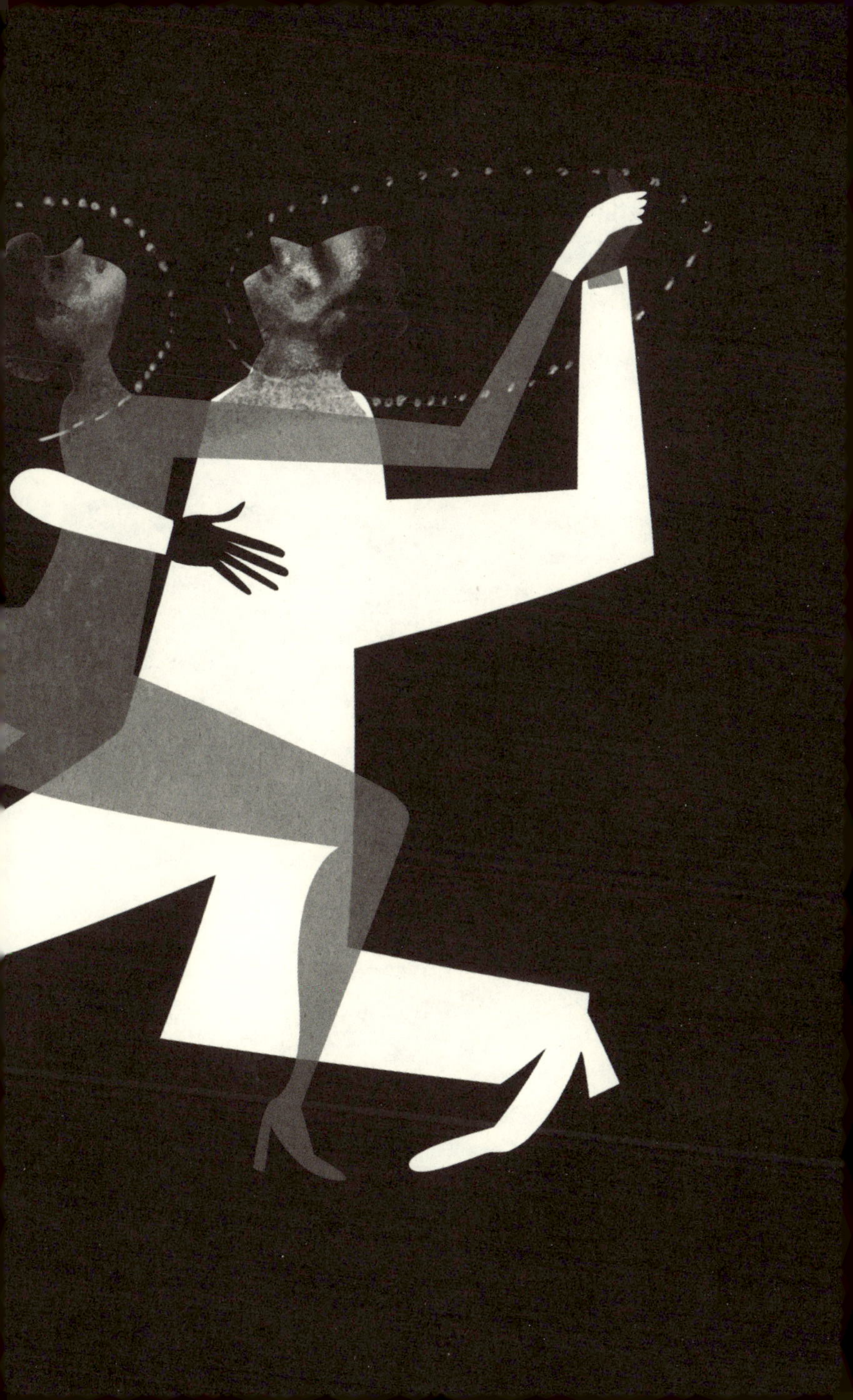

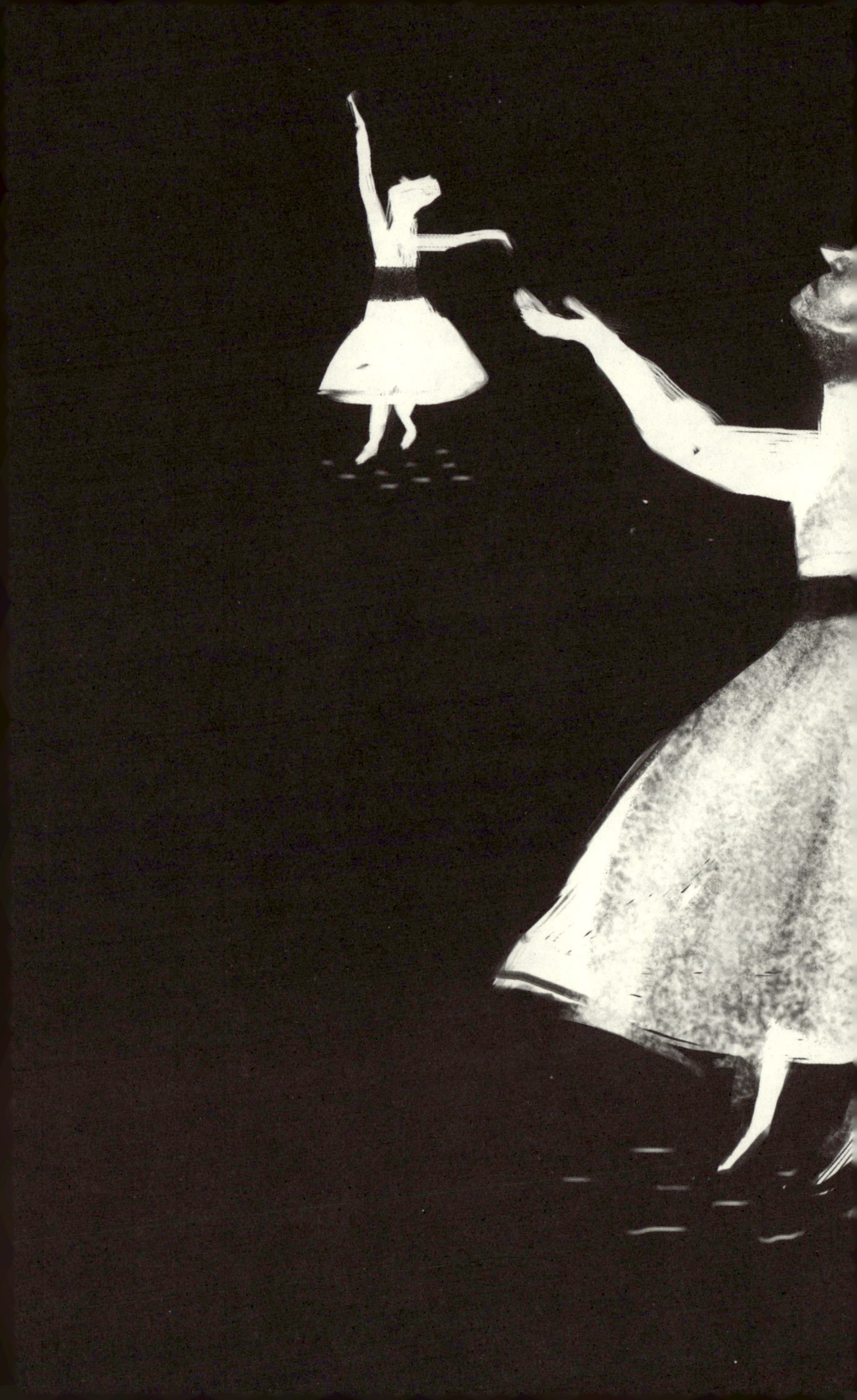

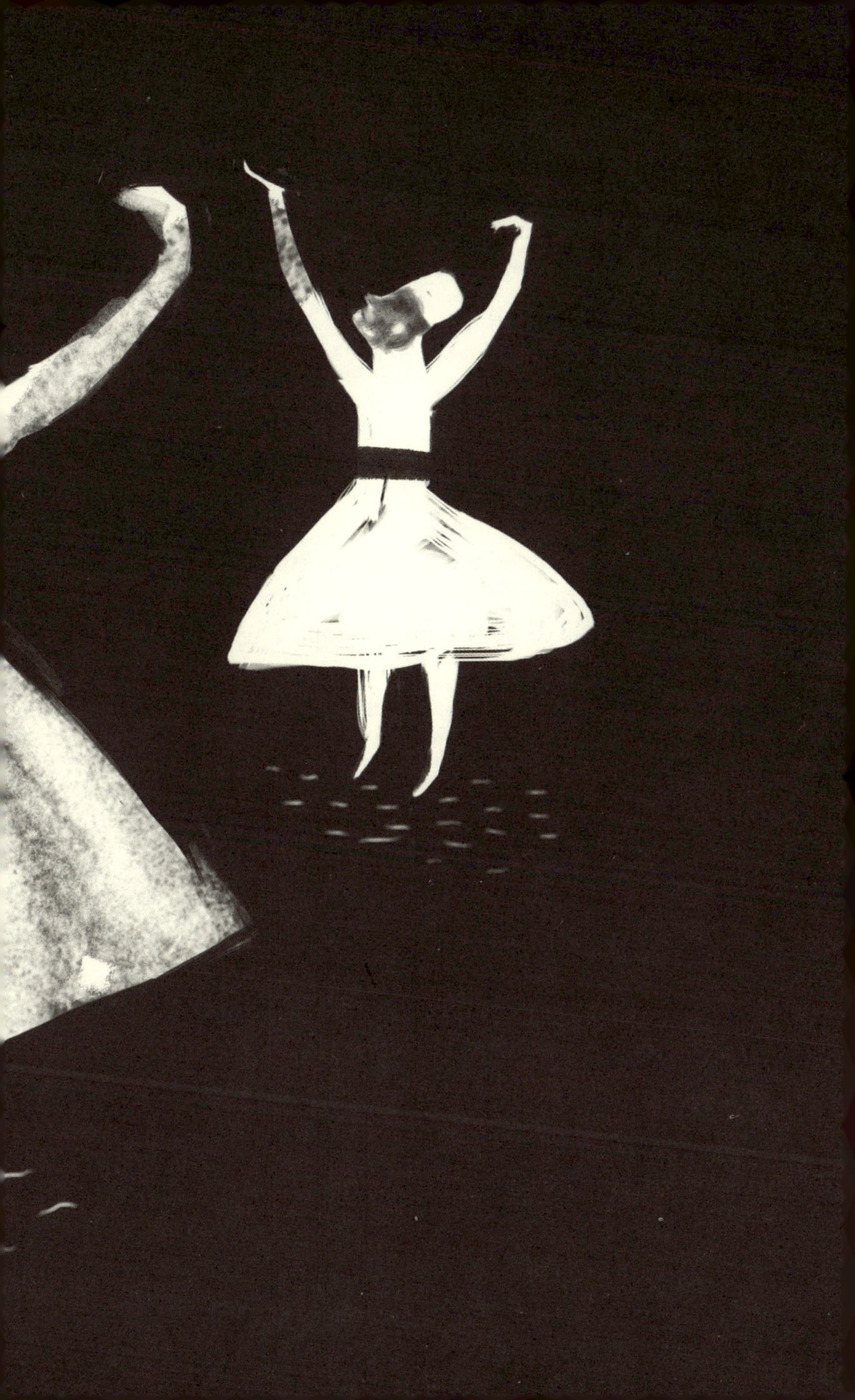

19. Silêncio e clorofila

O senhor Gouveia expirou. A casa estava em silêncio. O Bazulaque tirou um envelope do bolso, tirou a carta de dentro do envelope. Seria a próxima. O postal tinha a ilustração de uma freira carmelita. O senhor Gouveia, falecido como a filha, mantinha no entanto a mesma estranha luminosidade que lhe tomara o rosto no derradeiro instante. Querido paizinho, espero que te encontres bem. Eu estou felicíssima. Encontro-me nas Filipinas, voluntária numa missão. A irmã Dolores tem-me ensinado tudo sobre a graça e a gravidade. Sabias que existem duas gravidades, uma que nos faz cair, aquela que todos conhecemos porque exerce a sua tirania desde que somos crianças — cair não custa nada, magoa, mas está ao alcance de toda a gente — e depois existe ainda uma outra, uma outra que nos faz cair também, mas em sentido oposto? A irmã

Dolores disse-me que Simone Weil chamava a isso de graça. Não sei se é graça, mas percebo perfeitamente o que acontece em certas alturas. A mesma Simone Weil disse que o único remédio para nós seria arranjarmos uma espécie de clorofila que nos permitisse alimentar-nos de luz. Fiquei muito tempo a pensar nisto. Essa clorofila existe, querido paizinho. Já reparei como a irmã Dolores brilha no escuro. Há palavras que nos tocam tanto que nos fazem cair para cima, numa gravidade invertida. É de facto uma queda, não é um voo, pois é tão natural como cair. Voar exige algum esforço, mas cair é uma graça. O problema é que andamos a cair no sentido errado. Não me irei alongar mais, pois tenho de me recolher. Adeus, querido paizinho. Até já. Cairemos no mesmo céu.

A casa continuava em silêncio.

O Bazulaque pousou o postal com a ilustração da freira na mesinha de cabeceira enquanto disse umas palavras de Manoel de Barros: Tudo o que não invento é falso.

E saiu.

[Fim da biografia]

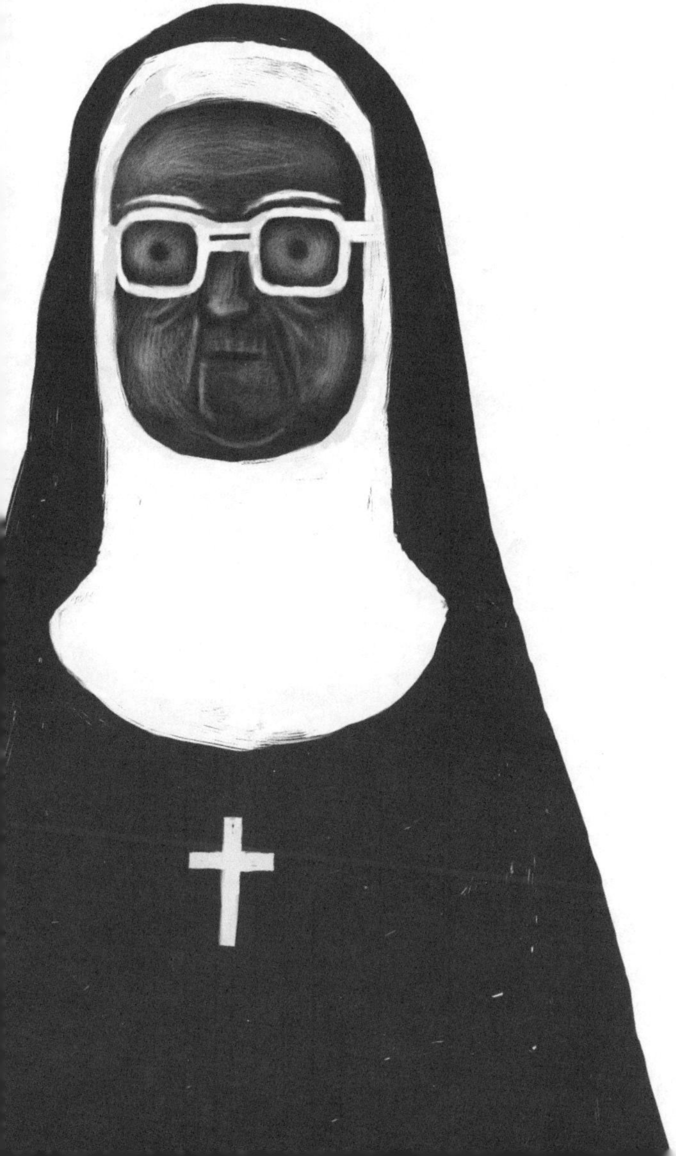

Revelação poética,
um epílogo à biografia do Bazulaque

Foram os eventos descritos na biografia que levaram António de Lousada, o Bazulaque, a perceber que a fealdade das pessoas não era a princípio uma fealdade física, mas interior, que se manifestava exteriormente, que funcionava a par com a maldade e que poderíamos inclusivamente substituir fealdade por maldade e maldade por fealdade sem que a conclusão fosse maculada. As alterações provocadas pela poesia não só tinham um efeito na saúde física, como ele era viva prova, como também no interior, que, por sua vez, se exterioriza numa aura de sedução, que António de Lousada, o Bazulaque, denominou pertinentemente de aura poética. Algo que invertia a gravidade e que ele vira acontecer num retrato, num abraço dos pais, na palavra obrigado, num andar sem peso, no rosto de Maria dos Santos...

Ou seja, o Bazulaque apercebeu-se que as pessoas ficam imediatamente mais bonitas ao dizer um poema e que há uma aura de irresistibilidade em quem o faz, um traço silencioso e invisível que se manifesta no observador em forma de sedução. Quis então o poeta de Lousada fazer a experiência e congregou uns amigos que orientou do seguinte modo: um deles pensava no formulário do IRS, um segundo pensava no que teria de comprar na mercearia e um terceiro recitaria mentalmente um poema. Este grupo de três indivíduos seria então avaliado por um número razoável de pessoas, sendo dada uma pontuação a cada um dos três, conforme a sensação de charme provocada no observador. Depois a experiência era repetida alterando a pessoa que dizia mentalmente o poema e recorrendo a mais um grupo de observadores.

Esquema do estudo: primeiro momento, o indivíduo A diz mentalmente um poema. No segundo momento, é o indivíduo B que o faz e, no terceiro, o C. O processo é repetido com outros grupos de outras três pessoas.

A conclusão do estudo foi peremptória: a pessoa que dizia poemas podia não ser a mais bem classificada (existem outros fatores a concorrer para a sedução), mas ficava sempre melhor classificada do que quando pensava no IRS ou nas compras a serem feitas na mercearia, o que provaria a noção de que qualquer pessoa pode ampliar o seu potencial de beleza em alguns pontos se conhecer um ou outro poema e o disser para si, como quem reza.

Este estudo foi então o grande momento de viragem, o quinto, para a criação da dieta revolucionária de que trata este livro.

Descrição
da dieta

A dieta da poesia, criação do poeta de Lousada, o Bazulaque, consiste em refinar a perceção que emanamos, ao mesmo tempo que nos permite definir os abdominais. Ou até engordar, se for essa a intenção de quem aderiu a este eficaz e sublime método dietético.

A dieta é muito simples e exige apenas estes dois elementos:

1) Reconhecer o momento de tentação ou gula.

2) Ter sempre consigo um livro de poesia.

No caso de pretender perder peso, a dieta promete um emagrecimento de três a cinco quilos por mês, ou mais, no caso de leitores compulsivos, e ainda assegura o verdadeiro desiderato desta dieta: uma aura poética, ou seja, um incremento da beleza ou graça. Qualquer pessoa que siga esta dieta ficará, como comprovam todos os estudos, muito mais bonito e atraente. Caso queira ser gordo ou ainda mais gordo, o processo é igual, só não tem de substituir comida por poesia, terá, isso sim, de ler enquanto come. Quanto mais gostar de poemas, mais pesado ficará. Quanto mais gostar de comer, mais lerá. O valor da dieta mantém-se: o seguidor desta prática dietética ficará mais bonito e mais atraente, independentemente da massa corporal ou de qualquer transformação física, ficando absolutamente leve, por mais que a balança diga o contrário.

Resumindo, para emagrecimento: cada vez que tiver fome, especialmente entre as refeições, em vez de comer uma bolacha ou um salgado, leia um poema. Sempre que sentir vontade de comer um chocolate, abra o livro e leia um poema. Quando sentir vontade de emborcar uma travessa de batatas fritas, em vez disso, abra o livro e leia um poema. Sempre que se sentir tentado a comer alguma coisa entre as refeições, especialmente comida processada, hidratos de carbono, gordura trans ou nutrientes brancos, não coma, pegue no livro e leia. Os resultados são impressionantes. Leia, pela sua saúde.

Caso não pretenda emagrecer, mas engordar, ou caso engordar ou emagrecer sejam irrelevantes: coma sempre que quiser, mas acompanhe a comida com poesia. Leia, pela sua beleza.

Testemunhos

"Enquanto nos vai caindo a capa da beleza da juventude, quando ela existe, a leitura vai aumentando. Os leitores vão ficando pior nos peitorais ou na firmeza das nádegas, mas mais sábios e belos. Quem não lê só vai ficando pior nos peitorais e na firmeza do rabo."

Maria Antónia, de Macieira

O senhor Silva, taxista de Nevogilde, já não tem colesterol mau. E, no seu trabalho, passou a, juntamente com o troco, citar William Carlos Williams.

"Quanto mais gulosa for a pessoa, mais erudita fica. Não é só o coração e as artérias que agradecem, é todo o meio cultural e, por consequência, a humanidade."

Olívia, de Torno

"Fantástico! Ao fim de um mês tinha perdido cinco quilos e estava íntima de Dylan Thomas."
Sílvia, Caíde de Rei

A poesia tem consequências também noutras áreas. O senhor Almeida, de Lustosa e Barrosas, tornou-se um pintor famoso. Ao ler um verso de Mario Quintana, que dizia "Por que ainda ninguém se lembrou de pintar uma mulher nua de óculos?", começou a pintar mulheres nuas de óculos, tendo criado um estilo com milhares de seguidores.

"O Fernando Pessoa fez-me muito mais bonita!!!"
Carla Antunes, Nespereira e Casais

A senhora Maria Emília, doméstica de Sousela, não só ganhou peso como passou a viajar pelo mundo todo a dar conferências em universidades sobre poesia concreta.

"Absolutamente eficaz. Voltei a ter a barriga de há vinte anos e ao mesmo tempo sou capaz de dizer poemas em festas (o que de algum modo me tem dado a sensação de que tenho perdido amigos)."
Manuel Gomes, Aveleda

"Estou muito mais magro, mais elegante, mais saudável. Nunca pensei que Paul Celan tivesse um efeito tão pronunciado no corpo."
Rafael Egídio, de Lodares

"Desde que comecei a dieta já dormi com muitos poetas lindíssimos. E o meu marido também."
Patrícia Rebelo, Figueiras e Covas

"Oh! Como ler Silvia Plath me fez as pernas bonitas."
Silvino Araújo, Lousada

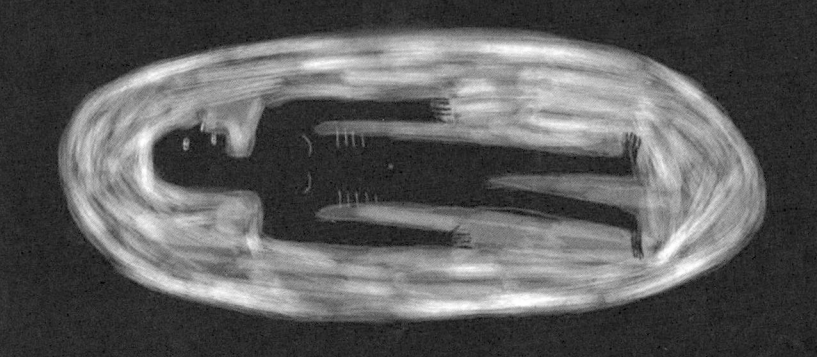

Copyright © 2020 Afonso Cruz

Revisado segundo o Novo Acordo Ortográfico da Língua Portuguesa.
Nos casos de dupla grafia, foi mantida a original.

CONSELHO EDITORIAL
Gustavo Faraon, Rodrigo Rosp e Samla Borges

PREPARAÇÃO
Rodrigo Rosp

REVISÃO
Evelyn Sartori e Samla Borges

CAPA E PROJETO GRÁFICO
Luísa Zardo

FOTO DO AUTOR
Arquivo pessoal

**DADOS INTERNACIONAIS DE
CATALOGAÇÃO NA PUBLICAÇÃO (CIP)**

C957d Cruz, Afonso.
Dieta da poesia / Afonso Cruz.
— Porto Alegre : Dublinense, 2025.
96 p. ; 19 cm.

ISBN: 978-65-5553-180-0

1. Literatura Portuguesa.
2. Romance Português. I. Título.

CDD 869.39 • CDU 869.0-31

Catalogação na fonte:
Eunice Passos Flores Schwaste (CRB 10/2276)

Todos os direitos desta edição
reservados à Editora Dublinense Ltda.
Porto Alegre • RS
contato@dublinense.com.br

**Descubra a sua próxima
leitura na nossa loja online**

dublinense .COM.BR

Composto em MINION PRO e impresso na PIFFERPRINT,
em PÓLEN BOLD 90g/m², no OUTONO de 2025.